KB134524

일인분 생활자

일인분 생활자

혼자서
잘 먹고
잘 사는
중입니다

김혜지 지음

인물과
사상사

작가의
말

대구에서 혼자 올라와 서울에 산 지 딱 10년째다. 어떨 때는 친구와도 살았고 어떨 때는 잘 모르는 사람과도 살았고 대부분은 혼자 살았다. 2평짜리 고시원에서도 살았고 4평짜리 다세대주택 원룸에서도 살았고 5평짜리 `다가구주택 옥탑방에서도 살았다.

10년 동안 별별 집에서 살다 보니 별별 일을 다 겪었는데, 얇은 벽 사이로 옆집 어르신의 방귀 소리까지 들릴 때는 분노가 치밀었다가 집 전체를 오롯이 내 취향의 공간으로 꾸밀 때는 행복한 집순이가 되기도 했다.

'혼자'라는 것은 꼭 '집에서 나 혼자 산다'는 의미 외에도 혼자 무엇을 해내고 혼자의 라이프스타일을 영위하고 사람들과 약간의 거리를 두는 혼자의 영역을 의미하기도 한다. 그렇게 혼자 산다는 감각이 점점 뚜렷해지면서 겪은 여러 이야기를 2017년부터 꾸준히 기록하기 시작했다.

　나이가 점점 들면서 어쩐지 꼰대가 되어가는 거 같아 비교적 예전에 적어온 글이 너무 철없을까봐 걱정도 하며 다시 읽었더니, 그때의 나는 왜 이렇게 재미도 없게 늙어 있었던 걸까?

　그도 그럴 게 취준생, 망해버린 창업, 불안정한 고용 형태, 반복되는 1년짜리 월세살이, 얼마 되지도 않은 월급, 열악한 곳에서 혼자 사는 여성 등 갖가지 이유로 당시 나는 많이 지쳐 있었다. 그런 감정들이 고스란히 이 글에 박혀 있다. 나는 항상 유쾌하고 즐거운 사람인 줄 알았는데⋯⋯. 후후.

혼족 어쩌고 혼밥 저쩌고 하는 단어들이 생겨날 때니, '혼자' 사는 사람들이 공감할 만한 이야기를 썼다. 지금 봐도 웃긴 글도 있고(뒷부분에 있다. 꼭 끝까지 읽어야 함), 한 번쯤 생각할 거리를 주는 그런 날카로운 글도 있다(고 믿는다). 지금도 어딘가에서 약간은 눈치 보며 일인분을 시키고 있을 '일인분 생활자'들에게 이 이야기가 잘 가닿았으면 좋겠다.

1 장

혼자 살지만,
혼자 사는 것
같지 않은

지옥고는
멀리 있지 않았다

누구에게나 그렇듯 집을 나오기 전 나에게도 홀로 사는 것이 로망이었다. 어떻게 해서든 부모님의 집에서 나와 혼자 살기 위해 아등바등 머리를 굴렸다. 작지만 내 취향이 묻어날 아기자기한 방, 아무도 간섭할 수 없는 독립적인 공간. 애인을 불러 데이트도 할 수 있는 그런 설렘을 꿈꾸었다. 물론 그 설렘은 오래전 첫 독립의 공간이었던 고시원 방문을 여는 순간 와장창 깨져버렸다.

부모님 집의 화장실만 한 방, 몸을 조금만 크게 휘둘러도 근처에 놓인 물건들이 우르르 쏟아지는 방, 옆방 누군가의 통화 속 대화가 모두 들릴 정도로 엉망이던 방음. 그런 공간에서 섹스는 고사하고 애인을 부를 생각조차 할 수 없었다. 취약한 방음이야 입을 서로 틀어막으면 될 일이었지만, 그보다 성인 두 명의 덩치를 누일 공간 따윈 없다는 것이 문제였다. 분명 홀로 사는 게 맞는데, 홀로 사는 것 같지 않은 홀로살이였다.

고시원을 거쳐, 또 비용을 아끼기 위해 친구와 함께 살던 원룸을 거쳐 드디어, 이윽고, 정말로 온전히 홀로 살 수 있는 집을 구했다. 비록 컨테이너 박스로 만든 옥탑방이었지만, 오래전 고시원 방문을 열기 직전처럼 그렇게 설렐 수가 없었다. 컨테이너 박스를 임의로 두 방으로 나눈 탓에 여전히 방음은 잘 되지 않았지만 그래도 행복했다.

그런데 그곳에도 문제는 있었다. 얇은 벽 너머로 살고 있던 이웃, 바로 집주인의 사돈 되는 분이었다. 그 어른은 아래층에 사는 딸네 손녀·손자를 돌보기 위해 내 옆방에 살고 있었다.

이사하고 얼마 되지 않은, 늦봄의 달큰함에 흠뻑 취해 처음 애인의 손을 잡고 집으로 들어선 날이었다. 내 방과 옆방 사이에 놓인 얇은 벽이 웬만한 소리는 모두 통과시켜버린다는 사실은 그 어른의 방귀 소리를 들으며 진작에 깨달았다.

이 탓에 애인과 나는 내 집이 아닌 도서관에 있는 것처럼 소곤대야만 했다. 그래도 내 손길이 오롯이 묻어 있는 내 공간에서 마주 누워 있는 애인을 보니 행복했다. 그래, 그냥 서로 입을 틀어막자. 그럼 된다. 방음이 안 되는 불편함이야 충분히 견디고도 남을 정도였다. 드디어 내 집이, 내 공간이 생겼구나!

그러나 안온함은 곧 깨져버렸다. 사건은 물을 사러 편의점에 가려고 현관문을 열어젖힌 순간 벌어졌다. 문을 열자마자 갑작스레 옆방에서 문이 활짝 열리더니 몹시 흥분한 이웃 어른이 뛰쳐나왔다. 그러고 나서 말을 그야말로 쏟아내기 시작했다. 얇은 벽 쪼가리를 통해 애인의 인기척이 흘러들어 갔나 보다. 이웃 어른은 적잖이 흥분한 탓에 자기 자신도 말을 버벅거렸다. 조용한 밤 공기를 뚫고 나온 단어들 중 몇 개만 간신히 잡아낼 수 있었다.

"남자 새끼."

"혼자 사는 여자."

"어딜 감히."

"들이지 마."

"여자가."

대충 조합하자니 이웃 어른이 하고 싶었던 말은 이것이었다.

"어딜 감히 혼자 사는 여자가 남자 새끼를 집에 들이냐."

이웃 어른의 흥분을 가라앉히기 위해 애를 썼으나 뱉으려던 말을 삼키게 할 수는 없었다. 곧 예상 가능했던 협박성 대사가 쏟아져 나왔다.

"너네 엄마도 너 이러고 다니는 거 아니?"

"당장 너네 엄마에게 말할 거다."

"남자 새끼 들일 거면 당장 방 빼!"

나는 머리를 한 대 맞은 듯 우두커니 내 집 현관문 앞에 서 있었다.

'지옥고'라는 신조어가 혼자 사는 20대들 사이에서 유행처럼 퍼졌다. 지옥고는 반지하-옥탑방-고시원을 이르는 줄임말이다. 요즘 신기한 말들을 어찌나 잘들 지어내는지, 지옥고는 20대 주거 현실을 기가 막히게 보여준다. 월세와 관리비는 나날이 오르고 공간을 더 잘게 쪼개 방을 지어 올린다. 하다하다 있는 방을 쪼개기까지 한다.

법에서 정한 최저주거기준에 미달하는 집에 살거나 고

시원, 비닐하우스, 지하 등 집 같지도 않은 집에 혼자 사는 청년이 서울에는 셋 중 하나꼴이란다. 나도 그 지옥고를 거쳐 또다른 지옥고에 살고 있었으나 이번만큼은 다를 거라 생각했다. 그러나 여기도 여전히 지옥고였나 보다.

사람에게 집이라는 공간은 잠만 자는 공간도, 먹기만 하는 공간도 아니다. 집은 자고 먹고 쉬고 충전하고 노래도 듣고 섹스도 하고 이웃에게 피해를 끼치지 않는 선에서 내 삶을 향유할 수 있는 공간이다. 물론 어디까지나 '정상적'인 집일 경우에 그러하다.

지옥고인 고시원에서는 옆방 남자의 신음소리를 실시간으로 들어야 하고, 해도 들지 않는 눅눅한 반지하에서는 밤인지 아침인지 구분되지 않는 시간을 애인과 함께 맞이해야 한다. 돈이 없어 집 같지 않은 집에 사는 20대에게 모텔비는 더 사치다. 어쩌면 홀로 지옥고에 사는 20대에게는 집이 채워줄 수 있는 기본적인 욕구조차 사치일 테다. 내 돈 내고 사는데도! 여기에 홀로 사는 '여자'라면 또 다른 눈총이 들러붙는다.

이웃 어른과 일이 터진 다음 날 아침 일찍 엄마에게 전화를 걸었다. 아무래도 다른 입을 통해 듣는 것보다 내가 이실직고하는 것이 모양새가 나아 보였기 때문이다. 잠자코 듣고 있던 엄마는 이웃 어른을 뒤에 업고 당신의 걱정을 표현했다.

"젊은 남녀 둘이 한방에 있으면⋯⋯손바닥으로 하늘을 가려라⋯⋯. 당연히 이웃 어른도 그렇게 생각해서 그러셨겠지⋯⋯. 네가 여자고 아무래도 손녀딸 같으니까⋯⋯."

나는 딱히 하늘이 못 보게 무엇을 숨기려 한 적은 없었지만, 아무튼 엄마에게는 그 무언가가 보였나 보다.

"엄마, 손녀딸처럼 생각할 거면 월세를 받질 말든가. 돈을 안 내고 사는 것도 아닌데 내가 왜 눈치를 봐야 하고 애인도 데려오지 말아야 하는지 모르겠어. 내가 무슨 애인이랑 동거를 하는 것도 아니고. 남자를 데려오면 안 된다고 계약 때 말한 적도 없는데. 게다가 어쩌다 한 번씩 오는데⋯⋯. 여긴 내 공간이고 내 집이야. 엄마한테 집이 갖는 의미만큼, 나도 여기가 내 집이라고. 잠깐 거쳐가는 좁은 곳이라도 나한테는 집이야."

어쨌거나 늘 내 편이던 엄마는 '여태껏 그랬던 것처럼 네가 잘 알아서 하길 믿는다'라며 전화를 끊었다. 홀로 사는 여자와 그 집에서 자고 가는 애인. 그 사건이 화두에 올랐지만 결국 20대 후반의 딸과 50대 중반의 엄마 사이에서 섹스라는 단어는 단 한 번도 흘러나오지 않았다.

나는 정부에서도 공인한 '가임기 지도'에 찍힌 점 하나
인데도 막상 섹스는 해선 안 되는 존재였다. 어른들은 30대에
들어섰지만 애인이 없는 언니들에게 "나이 처먹고 시집도 못
가는 노처녀"라고 쪼아댄다. 막상 30대가 얼마 남지 않은 내
가 남자를 집에 데려오면 "이러고 다니는 거 네 엄마가 아냐"
고 묻는다. 어느 장단에 춤을 춰야 할지 모르겠다.

이 난리통을 겪고 나니 무언가 갑자기 억울해졌다. 내가
혼자 사는 여자라서 그런가? 내가 혼자 사는 남자였어도 이
웃 어른과 엄마의 반응이 지금과 같았을까? 남자가 여자 친
구를 들였다고 남자에게 "어딜 감히 혼자 사는 남자가 여자를
집에 들이고! 너네 엄마도 너 이러고 사는 거 아니?"라며 순
결과 문란함을 운운했을까?

하긴, 젊은 남자들도 연애 상대로 자취하는 여자가 최고
라며 '엄지척'하지만, 막상 결혼 상대로는 자취 경험 있는 여
자는 싫다는데, 나이 많은 어른들이야 오죽하겠는가. 여자 혼
자 살면서 겪는 온갖 위험에서 생존하기도 바빠 죽겠는데 평
판까지 신경 써야 할 판이다.

사건은 아래층에 사는 젊은 딸네 부부와 이야기를 하면

서 대충 일단락되었다. 다행히 상식적이었던 부부는 친구를 데려오든 애인을 데려오든 관여할 바는 아니지만 인사 정도만 해주었음은 좋겠다고 했다.

아직도 이웃 어른은 애인이 가끔 올 때마다 조용히 구시렁댄다. 인사만 하고 지청구는 가볍게 무시하고 지나가지만, 마음은 불편하다. 애인이 어쩌다 집에 들르는 날이면 현관문을 여는 순간부터 마음이 조마조마하다.

어쨌거나 머리로는 그럴 필요가 없다는 것을 알지만 마음은 부대낀다. 마주치지는 않을까, 또 한소리 하지는 않을까? 현관문에서 내 공간으로 발을 딛는 그 길에서도, 내 공간에서도, 그리고 다시 내 공간을 나와 현관문을 여는 순간까지도 여전히 나는 조마조마하고 부대끼고 불편하다. 언제쯤 내 집의 편안함을 온전히 느낄 수 있을까?

4평짜리 집을 구하는 데
영혼까지 털렸다

드디어 혜화동을 떠나야 할 때가 되었다. 얼마 전 직장을 구했다. 구하고 보니 멀었다. 살고 있던 집은 인근 지역에서 유난히 저렴한 편이다. 그러나 긴 출퇴근 이동 시간, 그러면서 낭비하는 시간, 어마어마한 교통비, 누적되는 피로 때문에 이사를 결심할 수밖에 없었다.

길어야 2년 단위로 계약하는 철새 처지는 언제든지 떠날 것을 각오해야 한다. 짐은 늘 최소로 꾸려놓는 게 습관이 되었다. 햇수로 10년 가까이 산 혜화동을, 사랑해 마지않는 혜화동을 떠날 준비를 해야 했다.

8년 동안 혜화동 주변의 원룸 월세는 생각보다 많이 올랐다. 관리비는 기가 막힐 정도로 뛰었다. 요즘은 월세 대신 관리비를 올리는 게 트렌드다. 월세는 세입자들에게 크게 다가오지만, 관리비 액수는 그보다 체감상 타격이 적다. 이사 갈 선유도(양평동)의 원룸 보증금과 월세는 지금의 혜화동과 비슷했다. 다만 보증금을 1,000만 원 이상 절대 받지 않는 혜화동과 달리, 보증금 조절이 그나마 가능했다.

문제는 이제야 사회에 첫걸음을 뗀 20대의 내가 보증금 1,000만 원을 더 마련해야 한다는 사실이었다. 부모님에게 전화를 걸었다. 그런데 부모님도 가난하다는 사실. 부모님에게서 완벽한 독립을 위해 앞으로는 내가 월세까지 감당해야 한다.

그런 자식이 고작 얼마 되지도 않은 월급에서 그 큰 월세를 감당해야 한다고 하니 가난한 부모님은 마음이 아프다. 가슴이 아픈 부모님은 적금을 깨고 예금통장의 돈을 모으고 어디선가 돈을 빌려 보증금 1,000만 원을 더 마련해주었다. 월세는 내가 내지만, 보증금을 갚기 전까지는 완벽한 경제적 독립은 요원하다.

어쨌든 보증금은 마련했으니 직방, 다방, 피터팬 같은 철새들 사이에서 유명한 부동산 직거래 앱과 사이트에 틈틈이 접속한다. 혜화동과 다르게 대부분의 원룸이 오피스텔처럼 정형화되어 있었다. 똑같은 시공사에서 공사한 듯 틀에 찍어 만들어놓은 듯 모두 비슷했다. 특정 매물을 쇼핑하듯 '찜하기'에 담아놓고 해당 매물을 갖고 있는 부동산에 연락을 했다. 그렇게 다섯 군데의 부동산을 만났다.

집을 보는 방식은 동일했다. 부동산에서 '실장' 혹은 '과장'의 직함을 가진 사람과 한차에 타고 인근 지역을 도는 식이었다. 내심 여성 중개사가 나오길 바랐고, 남성이라도 나오는 경우에는 잔뜩 긴장하기 일쑤였다. 둘이 한차에 타고 있는 내내 스마트폰을 꼭 쥐고 있었고, 한집에 들어가는 그 순간에도 경계를 늦출 수가 없었다. 애인과 함께 올걸, 후회하다가도 애인에게 의지할 수밖에 없는 현실에 자괴감만 남았다.

좋은 집만 구한다면 이 정도의 불편함이야 감수할 만했다. 문제는 이런 중개서비스 앱에 올라온 많은 매물 중 대부분이 허위 매물이었다는 것이다. 허위 매물이란 중개업자들이 올려놓긴 했지만, 이미 옛날 옛적에 나간 매물이거나 실제 사진이 아닌 다른 건물의 방이나 다른 층의 방을 올려놓은 매물을 말한다.

다섯 군데의 부동산 모두 이런 식이었다. 찜해 놓은 매물 번호를 불러주면 그 방은 모두 "아깝게 얼마 전에" 나갔단다. 왜 사진이 다르냐 하고 물으면 비슷한 구조라서 올렸단다. 모바일 기술이 발전하면서 직방, 다방, 피터팬과 같은 서비스들은 상대적으로 정보와 지식에 취약한 세입자들에게 큰 도움이 될 것 같았지만 오히려 세입자들을 낚기 쉬워졌다.

나는 허위 매물에 낚였지만 이왕 먼 걸음 했으니 돌아보기로 했다. 실장이라고 소개한 한 중개 보조사는 나에게 제시한 금액 외에 어떤 조건의 방을 원하냐고 물었다. 채광, 너비, 깔끔하고 멀쩡한 화장실, 환기가 되는 화장실, 옵션, 층수, 치안, 방음, 역과 버스 정류장과의 거리, 관리인 여부, 곰팡이 등등. 10년 가까이 세입자로 살아온 나는 고민 없이 "채광 좋고 화장실이 손댈 수도 없을 정도만 아니면 된다"고 답했다.

실장은 별로 까다롭지 않아서 다행이라고 했다. 이후 실장이 내게 보여준 방들은 말 그대로 가관이었다. 모텔을 개조한 듯한 건물, 현관문을 열면 반대편 집의 현관문을 열 수 없는 좁은 복도, 반투명 벽으로 두른 화장실, 옷장이 현관에 있는 방, 창문을 여니 5센티미터 앞에 다른 건물이 자리 잡고 있는 방, 공간이 비좁아 생뚱맞은 곳에 있는 냉장고, 햇빛 한 줄기는커녕 습하고 음침한 방.

애초에 사람이 머물고 휴식을 취하고 잠을 자는, '살아가는 공간'이라는 개념이 없는 집이었다. 월세를 받기 위해 마구잡이로 지어놓은 '사방이 가려진 좁은 공간'일 뿐이었다. 채광과 깔끔한 화장실. 이 두 조건을 충족할 수 있는 집은 사치였다.

너무 어이가 없어 한 번 보기나 하자는 심정으로 월세 가격대를 올려보았다. 5만 원에서 10만 원 정도를 올린 방도 비슷했다. 저 두 가지 조건을 멀쩡하게 충족할 수 있는 집은 여전히 없었다. 비슷비슷하게 절망적인 집을 5만 원이나 더 주고 살 이유는 없었다.

결국 그나마 나머지 조건들을 그럭저럭 충족하는 실평수 4평 정도의 집을 계약하기로 마음먹었다. 2,000(만원)에 35(만원). 그 집은 스무 살 때 살았던 고시원을 떠올리게 할 정도로 좁았다. 관리비도 12만 원이나 한단다. 방을 둘러보며 '그래도 이 가격에 이만한 집이 어딨냐'고 생각했다. 이미 이 동네에 적응해버린 것이었다.

좁은 집을 더 좁게 하지만 적당한 옵션, 북동향이기는 해도 코앞에 건물은 없는 창문, 곰팡이가 조금 있기는 하지만 깔끔한 인테리어, 환기는 전혀 안 되고 좁아도 그럭저럭 깔끔한 화장실. 그런데 정말, 이만한 집이 없었다.

집을 구하는 큰 관문을 넘었더니 또 다른 관문이 자리했다. 당장 내 눈앞에 놓인 여러 장의 문서를 보며 눈앞이 캄캄해졌다. 등기부등본, 건축물대장, 용도, 근저당, 감정가 등. 살면서 배워본 적 없는 단어들이 눈앞에서 떠다녔다.

나름 주거 문제에 관심을 기울여왔다고 생각했지만 실전에서 내 지식은 아무짝에도 쓸모가 없었다. 근저당 9억 원을 두고 실장은 이 정도 큰 건물에 이건 별거 아니라며 보통 다 이렇단다. 왜 학교는 나에게 단 한 번도 이런 과정과 지식을 알려주지 않았을까?

건축물대장을 찬찬히 살펴보니 이 건물의 용도가 또 고시원이었다. 고시원은 방 안에 화장실과 부엌이 없어야 한다. 임대인들은 세입자를 여러 명 확보할 수 있고, 필수적으로 설치해야 하는 주차장 면적이 주택보다 작기 때문에 용도를 불법으로 변경한다. 독서실이나 고시원 같은 '근린생활시설'로 변경한 뒤 실제로는 원룸 세입자를 받는다. 세입자는 최악의 경우 쫓겨나거나 보증금을 돌려받지 못하게 될 수도 있다.

잠시 계약을 망설였지만 알고 보니 이 지역 대부분의 원룸이 고시원을 포함한 근린생활시설로 등록되어 있단다. 며칠 동안 둘러보았던 방들이 떠오르며 그중 몇 개나 불법 용도 변경일까 생각하니 물러날 데가 없었다. 그래도 확정일자를 받아두면, 최악의 경우에도 내가 낸 보증금은 우선적으로 돌려받을 수 있는 범위라며 스스로 다독였다.

이제야 산을 다 넘은 줄 알았더니 불법 용도 변경은 또 다른 시련을 안겨주었다. 바로 실장과의 갈등이었다. 일반 주택이나 주거용 오피스텔은 중개수수료를 거래 금액의 0.4퍼센트까지 받을 수 있지만, 고시원과 같은 근린생활시설은 주택 외 건물에 해당되어 수수료가 최대 0.9퍼센트까지 올라간다. 20만 원대여야 할 중개수수료 상한가가 50만 원에 달했다.

서울시 소속 임대차 관련 부서에 문의를 넣었다. 관련 공무원은 상한 요율이므로 협의할 수 있다고 했다. 그러나 협의가 결렬될 경우 부동산 쪽에서 소액 재판을 청구할 수 있단다. 다만 실제 용도가 원룸이라면 0.9퍼센트에 준하는 판결이 내려질 경우는 거의 없고 주택 요율의 금액이 청구될 거라고 했다. 그러나 내 얼굴은 이미 소액 재판이란 단어를 들을 때부터 굳어 있었다.

"상한 요율이니 협의할 수 있지 않냐", "주택만큼 바라지도 않으니 0.6퍼센트 정도로 협의하자"고 했지만 실장은 자기 수당이 깎인다며 봐달라고, 나에게 양보해달라고 했다. 나는 양보의 정의를 다시 곱씹어 보았다. 생계를 들고나오니 어쩔 도리가 없었다.

밀고 당기기를 하다 결국 0.75퍼센트 정도로 반강제 협의를 보았다. 나는 협의의 정의도 다시 곱씹어 보았다. 마음 같아서는 불법 용도 변경으로 건물을 신고하고 싶지만, 용도에 맞게 다시 개조하는 동안 그 건물에 거주하고 있는 수십 가구의 나 같은 사람들이 거리에 나앉게 되면 어쩌나 싶어 그럴 수도 없었다.

그리하여 곧 이사를 하게 되었다. 아직 관문은 남았다. 들어간 뒤부터는 인테리어며 가구 구조며 기를 쓰고 조금이라도 방이 넓어 보이도록 하기 위해 궁리해야 한다. 밖에서 창문을 열지 못하는 장치를 마련하고 보조키도 설치해야 한다. 도어록 번호를 바꾸고 혹시나 집 곳곳에 설치된 카메라는 없는지도 훑어야 한다. 매달 이해할 수 없는 관리비를 내며 배가 아프겠다. 집 안에 무언가가 고장 날 때마다 부대낀 마음으로 관리인에게 연락을 해야 한다.

배달 음식을 시켜먹을 때마다 남자 신발을 내놓고 집에 누군가 함께 있는 것처럼 행동해야 한다. 어쩌면 매일매일이 관문이다. 그리고 무엇보다도 1년이라는 계약 기간 뒤 집주인이 터무니없이 보증금과 월세를 올리지는 않을까, 그래서 1년 뒤 이 짓을 또 해야 하는 그런 최악의 관문이 남은 것은 아닐까 벌써부터 걱정이다.

이케아 세대의
가구 들이기

"띵똥띵똥, 택배 왔습니다."

요즘 하루하루를 보내면서 가장 기다리는 사람은 택배 기사님이다. 택배 기사님만큼 설레게 하는 사람이 없다. 퇴근할 때마다 시킨 게 있는지 없는지, 무엇을 언제 시켰는지 잘 기억은 안 나면서도 습관처럼 무인 택배실을 꼭 들른다. 혹시나 내가 주문해놓고 까먹었던 게 오지는 않을까!

혼자 살다보니, 게다가 차도 없어 생필품 외엔 부피가 나가는 물건을 사들고 오기도 쉽지 않다. 그나마 요즘은 소셜커

머스나 오픈마켓에서 생필품을 대량으로 구매할 수 있기 때문에 차가 없어도 저렴하게 물건을 살 수 있다. 최근 혼족이 더 늘어나면서 온라인 마켓에서는 혼자 사는 사람들을 끌어오기 위해 일명 '자취템', '혼족템', '싱글템'에 주력하기도 한다. 자취템, 혼족템 등은 생필품 같은 소비재나 먹거리 외에도 집을 꾸미는 인테리어 물품이나 DIY 가구까지 포함한다.

페이스북에는 온갖 원룸 혹은 작은 집 인테리어 게시물이 넘쳐난다. 아예 그런 콘텐츠만을 만드는 페이지도 여러 개다. 어떤 중개서비스 앱은 효율적이고 저렴하며 가성비 있게 집을 꾸미는 방법을 소개하기도 한다.

경제는 점점 어려워지고 있다는데, 내 집 구하기는커녕 전세금을 마련하는 것조차도 요원해지고 있다는데, 이러한 페이지와 정보는 넘쳐난다. 이뿐만 아니라 다이소, 미니소, 자주, 이케아 등에서는 4인 가족 외 혼족을 겨냥해 저렴하지만 가성비 좋은 물건들을 꾸준히 생산해낸다.

상대적으로 빈곤한 혼족들이나 청년들은 어차피 서울의 수많은 아파트가 자신의 것이 될 수 없음을 이미 잘 알고 있다. 전셋집이든 월세로 사는 방이든 자신이 사는 집을 온전히 '자신의 공간'처럼 꾸미고자 하는 욕구는 그래서 역설적이다.

내 집은 아니지만 정말로 내 집 같은 남의 집. 온전한 내 공간은 비록 갖지 못하더라도 계약 기간만큼은 오롯이 나의 취향과 선택과 편의로 꾸려진 나의 독립적인, 내가 나일 수 있는, 휴식할 수 있는, 나만의 공간. 일종의 결핍에서 오는 욕망이고 발악이다.

그러나 빈곤한 청년들은 자신의 공간을 꾸미기 위해, 대형 가구숍에 가서 이미 완성되어 있는 가구를 둘러보고 선택하고 큰돈을 들여 배송할 수 없다. 이들에게 이런 선택은 가성비가 좋지 않을 뿐이다. 가성비가 가장 중요한 세대에게는 적은 돈으로 높은 만족감을 주는 물건을 구매하는 것이 중요하다.

여기서 높은 만족감이란 절대적인 만족감이 아닌 오로지 가성비나 효용성을 의미한다. 물건의 질은 조금 떨어지더라도, 내가 직접 조립을 해야만 하더라도, 그래서 설령 그 조악한 조립 때문에 고장이 조금은 잦더라도, 일단 지금 빈곤한 이들에게 당장 필요한 것은 그럭저럭 쓸 만한 질 정도의 혹은 조금 더 높은 질의 값싼 물건들이다.

유럽에서는 한때 고용이 불안정해 미래를 계획하기 어렵고, 인턴이나 파트타이머로 저임금 단기간 노동을 하는 젊은이들을 '이케아 세대'라고 일컬었다. 저렴해 진입 장벽은 낮지만 그에 비해 당장의 질은 어느 정도 보장되는, 그러나 금방 낡거나 문제가 생기기 때문에 다른 제품을 구매하게 되는 '이케아'라는 브랜드의 성격에서 따온 단어다.

다시 말해 이케아 세대는 임금에 비해 그럭저럭 쓸 만한 능력을 갖고 있지만, 단기간 고용해 쓰고 버리는 형태의 일자리에서 노동하는 유럽 청년들의 초상이다. 한국의 대부분 혼족 청년들에게는 이케아의 가격마저 버겁다. 이케아의 디자인과 느낌을 비슷하게 따라 하되 조금 더 낮은 질과 조금 더 낮은 가격으로 제품을 판매하는 업체들이 더욱 인기다. 물론 질은 보장할 수 없다.

월세살이가 다 그렇듯 나는 이사가 잦았고, 잦은 이사의 부담을 덜기 위해 최대한 짐을 줄이며 살고 있었다. 8년 동안 살았던 혜화동에서 선유도로 이사 오기 전 짐 정리를 하면서 다시금 깨달았다. 자주 삐걱삐걱 대던 침대, 밥상으로 쓴 좌식 책상, 밥솥과 잡동사니를 올려두던 다용도 장, 옷걸이, 화장대 등. 내 공간에 있는 모든 가구가 이케아 제품이거나 혹은 그보다 저렴한 질 낮은 물건이었다.

DIY 가구를 내 손으로 직접 조립하는 나만의 시간을 통해 가구의 소중함을 알고 비로소 내 것으로 받아들이게 된다는 이야기는 오히려 낭만적이다. 나도 이미 완성도 높게 제작된 가구를 흠집 하나 없이 안전하고 편하게 배송받고 싶다. 내 시간과 정성이 들어간 DIY 가구도 그게 한두 개면 좋겠다.

DIY 가구는 운이 좋게도 크게 고장 난 적은 없었지만 한두 개가 말썽이었다. 다리의 길이가 미묘하게 달라 흔들거리던 책상과 스툴, 조금만 양옆으로 흔들려도 곧 무너질 것처럼 무게를 견디지 못하던 화장대, 삐걱거리는 이유를 도통 알 수 없던 침대. 당장 쓰기에 그렇게 불편하지는 않지만 눈에 거슬리는 게 많은 가구들이었다.

새로 이사 온 공간을 채울 때도 크게 다를 게 없었다. 사회 초년생인 내게 아직까지도 익숙한 것은 '가성비 세대'답게 최저가 검색이고 가격 비교였다. 4평짜리 코딱지만 한 집에서, 어차피 계약 기간이 만료되면 타의로 떠나야 될지도 모르는 집에서 이 집에 들어맞는 가구들을 산다고 한들 어차피 다른 공간으로 가면 버릴지도 모르는데……

넓어보았자 6평 정도인 좁은 원룸들을 전전하면서 깨달은 것은 같은 평수의 방일지라도 구조는 다르고 그곳에 들어갈 가구마저 제한될 수 있다는 거였다. 심지어 5평에 살다 6평에 가더라도 기존의 가구나 물건을 가져가지 못할 수도 있다.

좀더 비싼 돈을 들여 좀더 오래 입을 옷을 고르듯이, 좀더 비싼 금액을 들여 오래 쓸 가구를 고를까 고민하다가도 당장 몇 개월 뒤 내가 어느 공간, 어떤 공간에서 살지도 모른다는 사실을 되새겼다. 물론 또다시 하게 될 이사에서 최대한 짐을 줄이자는 생각도 함께.

역시 이케아 세대에게 가장 잘 어울리는 것은 이케아 혹은 이케아 하위 브랜드에서 제작하는 물건들이다. 분명히 소득은 과거에 비해 늘었지만, 여전히 당시의 습관을 쉽게 놓을 수가 없다. 불가능한 내 공간(집) 마련, 높은 월세와 물가에 비해 낮은 임금, 불안정한 고용 형태, 불확실한 업종의 미래에서 어쩌면 가성비 지향은 단순한 습관이 아니라 오래도록 가져갈 생존의 방식이다.

과거 집 앞의 식당에서 6,000원짜리 청국장 앞에서 고민하다 결국 1,800원짜리 편의점 김밥 한 줄로 돌아섰다면, 지금은 역시나 청국장이 아니라 4,000원짜리 편의점 도시락 앞에서 서성이는 것처럼.

오늘은 퇴근한 뒤 배송된 테이블을 조립했다. 이사 온 뒤

임시방편으로 장기간 사용하던 책상이자 식탁이던 짐 박스가 무너지는 바람에, 월급날 구매하게 된 테이블이다. 받자마자 뜯어본 택배 박스에서 꺼낸 원목 테이블의 색은 생각보다 노리끼리했다. 내 나름 전체적인 방 분위기에 맞추기 위해 몇 날 며칠을 고민하고, 또 결정한 물건을 여러 오픈마켓과 소셜커머스에서 찾아 가격을 비교했지만 정작 색깔에 실패했다.

어쩌겠나, 이것을 다시 차곡차곡 포장해 그 비싼 배송비를 물고 또 택배 기사님과 연락해 물건을 반품할 여력이 나에게는 없었다. 혼자 방바닥에 퍼질러 앉아 조립을 시작했다. 이제 웬만한 DIY 가구 조립은 껌이다.

생각보다 테이블은 튼튼했지만 역시나 네 다리와 테이블 몸통이 만나는 어느 곳이 약간 삐끗한 듯했다. 어느 쪽의 문제인지 정확히 모르겠지만 다리 길이가 미묘하게 달라 테이블이 흔들거린다. 아, 분명 겉은 아주 멀쩡한데……. 대충 더 짧아 보이는 다리 밑에 얇은 종이를 집어넣었다. 그랬더니 더는 흔들리지 않는다.

그렇지만 여전히 가벼워 4평짜리 좁은 집에서 몸을 움직이다 부닥치면 덜컹하며 제멋대로 이동한다. 어쨌거나 이제 글을 쓸 때 올려놓을 책상이 되기도, 밥을 먹을 때 안정적으로 음식들을 올려놓을 널찍한 식탁이 될 것 같다. 언제 또 버릴지는 모르겠지만, 어쨌든 당분간은 이 4평짜리 공간에서 가장 중요한 역할을 해낼 테다.

왜
섬에 살아?

햇수로 10년을 산 혜화동을 떠나 선유도로 이사 왔다. 8년간
살았으니 생활공간이 되기도 했지만, 기본적으로 동네에 호
기심이 많은 나는 혜화동 구석구석을 살피기도 했다. 산책을
하며 골목 구석구석을 누비는 것도 흥미로웠고 떡볶이집 투
어도 재미였다.

흔히 '대학로'라고 불리는 지하철 4호선 혜화역 근처의
번화가를 떠나 학교와 원주민들이 사는 명륜동 근처를 살고
누비며 새로 생긴 조용한 카페에 들러 책을 읽기도 했다. 대학

로와 살짝 떨어진 곳에 10년 넘게 자리 잡고 맥주와 칵테일을 파는 단골 맥줏집에 앉아 사장님과 이야기를 나누기도 했다. 그렇게 10여 년 동안 곳곳을 누비고 다녔다.

그래서 혜화동은 나에게 단순히 대학 시절 잠깐 머물다 가는 공간이 아니었다. 본가인 대구에서조차 느끼지 못했던 오롯한 내 공간에 대한 애정과 정착의 안정감을 느꼈던 공간 이다. 그곳의 공간과 그곳의 공기와 그곳의 사람들에게 무한 한 애정과 익숙함을 느끼고 있었다. 그랬던 혜화동을, 조금 오 글거리지만 정말로 사랑했던 혜화동을 '출근 시간 1시간'이라 는 장애물 때문에 결국 저버리고 말았다.

회사 근처의 적당한 지역들을 나열했다. 영등포, 신도림, 구로, 당산, 선유도 등. 그중 왜 하필 선유도였을까? 글쎄, 그 냥 사람들이 잘 모르고 그래서 다른 지역들보다 왠지 덜 번화 가이거나 그나마 조용할 것 같았기 때문에. 언제나 내가 그렇 듯 잘 알아보지도 않은 채 선유도의 집 몇 군데를 돌아다니고 서는 덥석 계약을 해버렸다.

어차피 내 사랑 혜화동을 떠나 낯선 곳에 정착할 텐데 어 디든 그렇게 큰 차이가 있겠냐며, 그저 저렴하고 깨끗한 방 조 건에 맞는 집 계약서에 사인을 해버렸다. 친구들에게 선유도 쪽으로 이사 갔다고 하면 다들 눈을 똥그랗게 뜨고서 되묻는다.

"섬에 이사를 갔다고?"

2~3년 전 잠깐 선유도가 반짝하고 힙플레이스로 뜬 이후로 사람들에게 선유도는 진짜 '그 섬 선유도'로밖에 기억되지 않는 듯하다. 그럴 때마다 "아니, 그 진짜 선유도 섬 밑에 보면 지하철 9호선 선유도역이라고 있어. 거기 근처에 살아"라고 말하지만 잘 모른다. "아, 그 왜 당산역 있지. 당산 근처야"라고 하면 그나마 감을 잡는다. 그만큼 선유도는 데이트 명소인 진짜 '선유도'를 빼고는 사람들이 잘 모르는 지역이다.

사람들은 대체 거기에 왜 살게 되었냐고 뭐가 좋냐며 자주 묻는다. 글쎄. 혜화동을 떠나고서 거의 1년이 다 되어갈 때도, 가끔 혜화동에서 놀다 집으로 돌아가는 길에 눈물을 글썽일 정도로 혜화동 향수병이 짙었지만, 그래서 하루에 몇 번이나 직방과 다방을 둘러보기도 하지만 결국 떠나지 못하는 이유는 선유도에 대한 갓 싹튼 애정 때문이다. 당장 떠나가려는 마음이 들다가도 선유도의 매력에 발목이 잡힌다. 다시 또 이런 곳에 살아볼 수 있을까?

사실 선유도역 근처는 특별할 게 없다. 시끄럽지도 않고 빼어나지도 않다. 그래서 나에게는 편하다. 우선 동네에 사는 사람들의 연령대가 낮은 편이다. 주 서식지가 혜화동과 종로였던 시절, 수많은 할아버지와 할머니를 만나며 힘든 경험을 많이 했더랬다. 물론 모든 할아버지와 할머니가 그랬던 것은 아니지만, 그네들 대부분이 향유하고 있던 특유의 빨리빨리 문화와 오지랖 문화, 아무렇지 않은 개인적 공간의 침범으로 나는 많이 지쳐 있었다.

그런 나에게 온통 2030 직장인과 신혼부부들이 모여 사는 선유도는 고요하고 안전한 공간이다. 선유도는 아파트가 거의 없고 빌라가 모여 있어 신혼부부나 젊은 사람이 많다. 밤에 산책을 나가도 길거리에 들어앉아 막걸리를 마시는 어른들도 있지 않고 풀린 눈으로 노골적으로 쳐다보는 술 취한 어른들도 없다. 부부가 함께 손을 잡고 산책을 하거나 유모차를 끌고 나온 신혼부부가 대부분이다.

아무리 연령대가 높다 해도 20대 딸과 함께 나온 엄마와 아빠가 전부다. 이러한 환경의 이유에는 동네 자체에 변화가가 없는 것이 크다. 지하철로 한 정거장, 걸어서는 10분 남짓 걸리는 당산역이 주변에 있어선지 번화가가 선유도까지 들어오지 않는다.

직장인과 신혼부부가 많은 만큼, 이 주변의 상권은 1인 가구 혹은 2인 가구처럼 소형 가구 맞춤형이 된 곳이 많다. 근처에는 마트 직영 편의점이 많고 이런 편의점에서는 1인 가구와 소형 가구를 위한 소포장 식재료를 주로 판다. 편의점 애용자로서 당장 회사 근처의 편의점만 가봐도 선유도의 편의점과 그 느낌이 다르다.

큰 마트에 가서 많은 양의 식재료를 사며 버릴 걱정을 미리 하지 않아도 된다. 보통의 편의점에서 팔지 않는 식재료를 사기 위해 굳이 이른 시간에 멀리 떨어진 대형마트로 가지 않아도 된다. 선유도 근처에는 롯데마트와 코스트코도 있어 대량으로 살 물건을 쟁여놓기에도 좋다. 얼마 전에는 역 근처에 이마트 노브랜드 매장도 생겼다. 다이소는 당연히 역 안에 있다.

소형마트나 편의점에 비해 점포 수가 적은 대형마트를 가기에 부담스러운 1인 가구에게 접근성 높은 노브랜드 매장은 삶의 질을 행복하게 올려준다. 지금도 퇴근길에 노브랜드 매장에서 구매한 아주 저렴한 와인 한 병을 마시고 있다.

홍대에서 합정까지 젠트리피케이션이 이루어지면서 일부는 선유도에 정착하기도 했다. 잠깐 뜬 '선유도 카페 거리'

덕분에 선유도역 3번 출구 부근에는 좋은 카페가 쭉 자리하고 있다. 정말 잠깐 떴기 때문일까? 주말에 가도 그다지 사람이 많지 않다.

카페 주인들에게야 좋지 않은 소식이겠지만, 선유도 주민으로서는 사실 편하다. 주말에 느지막이 일어나 밀린 일을 하기 위해 근처 분위기 좋은 카페로 엉금엉금 기어가도 외부인이 많지 않아 조용하고 당황할 일이 없다.

서쪽으로 안양천이, 북쪽에는 한강공원이 자리 잡은 지역인데도 외부인의 유입이 적다. 바로 근처에 합정과 당산이 있어서일까? 선유도에서 합정은 버스로 10~15분 정도면 도착한다.

젠트리피케이션 탓에 번화가 대부분이 프랜차이즈 카페로 이루어진 곳들과 달리, 선유도역 부근은 아직 각자의 공기와 색깔을 지닌 개인 카페들이 자리 잡고 있다. 3번 출구 카페 골목 외에도 구석구석 개인 카페가 많고 특히 원래 공장 자리였던 곳을 개조한 특색 넘치는 카페도 많다.

다양한 카페뿐만 아니라, 아예 커피 원두와 기타 기구를 파는 대형 커피 공장과 주말만 되면 꾸려지는 플리 마켓, 캠핑 공간의 느낌을 재현한 비스트로, 마니아들을 위한 바이크숍,

독립 서점, 이런 곳에 있을지 몰랐던 스테이크집까지 기존의 원주민과 한데 어울리며 꾸며진 젊은 사람들의 공간이 군데군데 자리 잡고 있다.

날이 좋은 주말 낮, 게으르게 동네를 방향 없이 산책하다 보면 족히 20년은 되어 보이는 밥집과 갓 생긴 힙한 가게들이 바로 이웃으로 자리 잡은 모습을 볼 수 있다. 그런데도 이 모습이 이질적이지 않다. 오히려 선유도라는 공간을 각자의 느낌과 의미로 재해석하며 서로 어우러지는 듯하다. 나는 이런 카페도 좋아하지만 오래된 맛있는 음식점도 좋아한다.

선유도를 한마디로 정리하자면 정적인 공간이다. 멜론 톱 100에 드는 노래들이 나올 법한 공간보다 조용한 재즈 음악이 어울리는 곳. 천편일률적인 해석보다 개인의 느낌과 감성이 묻어 있는 곳. 그것도 오래된 해석과 지금의 해석이 다투지 않고 공존하는 곳. 물론 이 선유도도 단점은 당연히 있다. 조용한 곳은 보통 교통편이 불편하다.

선유도역 역시 환승역이 아닌 9호선 지하철이 서는 역이다. 급행을 타지 않으면 너무 오래 걸리고 급행을 타기 위해서는 당산역까지 가는 수고로움을 감수해야 한다. 서울의 서남쪽에 있다 보니 홍대와 합정 부근을 넘어선 서울의 중심부를 가려면 시간이 꽤 소요된다. 버스 편도 영등포구와 구로구를 제외한 곳을 가기에는 불편할 수 있다. 조금 북쪽에 있어도 서울 중심부 어디든 갈 수 있었던 혜화동의 교통편과 비교해보아도 선유도가 조금 불편하기는 하다. 하지만 그런 불편함을 모두 상쇄시킬 만큼 선유도는 아름다운 서울의 동네다.

내 집을 위한
기술들

얼마 전 혼자 사는 친구네 집에 놀러 갔다 방문 하나가 이상한 걸 발견했다. 문을 열고 닫을 때 문과 틀 사이에 이가 잘 맞지 않는 느낌이었다. 문 아래가 문턱에 자꾸만 걸렸다. 문을 열고 닫을 때 힘을 주어야만 했다.

"이거 문이 내려앉은 거네. 공구통 좀 갖고 와봐."

친구집에 있던 거의 새것에 가까운 공구통을 받아 문 앞에 쭈그리고 앉은 뒤 경첩의 나사를 하나하나 손수 조였다. 그러나 이미 내려앉은 경첩과 나사 길이가 맞지 않아 자꾸만 나사가 빙빙 돌았다. 이럴 줄 알았다. 친구에게 나무젓가락을 가져다 달라고 한 다음, 나무젓가락을 나사보다 조금 짧은 길이로 조각조각냈다.

조각 하나를 나사 구멍 안쪽으로 집어넣고 나무젓가락 조각 앞에 나사를 다시 집어넣었다. 모든 구멍에 나무젓가락 조각과 나사를 순서대로 하나씩 집어넣었다. 다시 드라이버로 나사 하나하나를 조이자 내려앉았던 문이 견고한 경첩과 함께 다시 제자리로 돌아갔다. 덜컥덜컥 문지방에 걸리던 방문이 매끄럽게 잘 열리고 닫혔다.

큰 산들 사이에 있는데다 17층으로 꽤 고층에 자리한 본가는 늘 센 바람이 집을 드나들었다. 바람 때문에 우리 가족은 항상 문에 문 닫힘 방지 물건들을 끼워 넣었다. 그래도 깜빡하는 날에 문들은 맞바람에 여지없이 쾅쾅 닫히고 말았다. 그 때문에 쾅쾅 닫히던 내 방문은 자주 내려앉았다.

그럴 때마다 아빠는 사람을 부르지 않고 신발장 속에 모셔두었던 큰 공구통을 들고 와 느슨해진 경첩의 나사를 조였다. 친구네 방문처럼, 너무 내려앉은 탓에 경첩과 나사의 공간이 헐거워지면 나무젓가락을 조각내 경첩 구멍에 넣고 그 앞에 나사를 넣고 경첩을 단단히 조였다.

　어릴 때부터 집 구석구석에 관심이 많고 손으로 뚝딱뚝딱 만지는 걸 좋아했던 나는 아빠 어깨너머로 그런 것을 많이 관찰했다. 아빠가 나를 앉혀다가 가르친 적은 한 번도 없었지만, 나는 아빠의 수리 방법을 기억해두었다. 아빠는 긴 자취 경험이 있었던데다 당신이 하지 않고서는 못 배기는 성격 탓에 집 안 구석구석 수리를 모두 잘 해냈다.

　성인이 되고 집을 떠나 아빠 없이 살기 시작하면서 자연스레 집 안의 모든 일을 스스로 해내기 시작했다. 집에 쏟는 애정이 큰 편이라 DIY 가구는 말할 것도 없고 교체나 수리가 필요한 일도 웬만하면 직접 해내려고 끙끙거렸다. 방 구조상 인터넷 선을 벽에 둘러야 할 때도 철물점에서 바닥 몰딩용 선 고정 핀을 구입해 인터넷 선을 보기 좋게 정리했다.

　화장실 수도관이 오래된 찌꺼기들로 막혀 물이 잘 내려가지 않을 때도 직접 수도관을 분리해 안쪽 이물질들을 모두 제거하고 세척했다. 지금 살고 있는 집으로 이사 와서는 기름때로 누리끼리해진 부엌 싱크대에 붙은 실리콘을 제거하고 새 실리콘을 발랐다. 체인이 고장 난 자전거도 거꾸로 뒤집어 체인을 수리했다.

물론 처음부터 잘할 수 있었던 건 아니었다. 아예 할 줄 모르는 게 더 많았다. 조금 복잡했던 DIY 화장대를 실컷 조립해놓고 물건을 다 채운 상태에서 슬쩍 옆으로 밀다 몽땅 무너지기도 했다. 수도관을 갈다가 부러트리는 바람에 사람을 부른 적도 있었다. 실리콘을 삐뚤빼뚤 엉망으로 발라 눈물 흘리며 다시 뜯기도 했고, 생애 처음으로 제대로 된 망치질을 하다 반대편 손을 찧기도 했다.

지금 할 수 있게 된 것들은 사실 별것 아니다. 별것들이 아닌데 왜 이렇게 어려웠을까? 아직 집 안 수리 '만렙(온라인 게임 최고 레벨)'을 찍지는 않았기 때문에, 언젠가는 해내야 할 '별것 아닌 것들'이 남아 있지만 아직은 나에게 별것이고 어렵게만 느껴진다.

집 안 수리에 실패할 때마다 괜히 열이 받기도 했다. 혼자 살기 시작하면서 혹은 어른이 되면서부터 할 줄 알아야 하고 또 해야만 하는 일이 많아지지만 딱히 누군가 가르쳐준 적은 없는 것 같았다. 워낙 집에서 무언가를 수리하는 데 흥미가 있어 아빠를 따라다니며 어깨너머로 본 게 다였다.

실은 독립하면서 집과 관련해 겪어야 하는 문제가 수리만은 아니었다. 혼자 살 집을 구하는 것부터 앞이 캄캄했다.

월세 계약을 어떻게 맺는지, 기본적으로 어떤 서류들을 살펴 봐야 하는지, 어떤 항목을 특히 더 꼼꼼하게 봐야 하는지, 사기당하지 않기 위해서는 어떻게 해야 하는 건지 등. 살면서 대부분의 사람들이 한 번 정도는 겪을 일이지만, 나는 이것을 수능시험에서 사회탐구 영역을 치르기 위해 들었던 '법과 사회'에서 기계적으로 답을 맞히는 방법만 배웠다. 그나마도 유일했다.

성인 혹은 대학생이 되자마자 심리적으로든 경제적으로든 독립하는 것을 이상으로 여기는 사회지만 정작 자립을 위한 준비는 되어 있지 않았다. 이런 것을 가정에서 하는 교육에만 기대야 하는 걸까, 고민이 들었다. 문제는 부모도 경험이 적으면 잘 모른다는 점이었다.

초등학교 때부터 중학교 때까지 '실과'와 '기술가정' 시간에 배운 것들을 떠올려보았다. 학교 대부분의 수업이 죄다 입시용 또는 수능용으로 돌아갈 때 그나마 실과나 기술가정 같은 수업은 당장 삶에 실제로 도움이 될 것들을 가르쳤다.

초등학교 때 직접 톱질해 만들었던 구름 모양의 코르크 메모판은 아직도 잘 쓰고 있다. 바느질도 잘하지는 못해도 그럭저럭 할 줄은 알게 되었다. 내가 먹는 음식들이 어떤 영양소로 이루어졌는지도 대충 알게 되었다. 인두로 납땜하는 건 아직은 쓸데가 없긴 하지만······.

2015년 개정된 기술가정 교육과정에는 '자원 관리'와 '자립'이라는 파트가 있다. 시간과 용돈을 관리하는 법, 옷 정리와 보관법, 정리정돈하는 법과 재활용하는 법, 소비생활, 가정생활에서 역할과 책임 등이 공통된 필수 교육과정이다. 다른 과목들보다 훨씬 일상에서 써먹기 좋은 지식이다. 기술가정 교육과정은 가정에서 제 역할과 책임을 다할 수 있게, 또는 자립한 후 자신의 삶에 오롯이 책임을 질 수 있도록 하는 목적을 담고 있다.

그렇다면 가정에서 자신의 역할과 자립에 정말로 실제로 도움이 되는 교육이 더 많이 필요하지는 않은 걸까, 궁금해졌다. 이를테면 형광등 갈기나 수도관 청소하기, 망치질하기 등 사람을 부르기에는 누구를 불러야 할지도 모르겠고 부르기에도 모호한, 혼자서도 충분히 할 수 있는 집의 기술들. 바느질도 배우는데······.

친구들과 이런 이야기를 나누다 보면 가끔은 이런 상상을 해보기도 한다. 학교에서 개념 교육과 시험을 위한 수업도

중요하지만 정말 자립을 잘하기 위해서 필요한, 집을 꾸리는 데 필수인 기술들을 익히는 수업을 상상해본다. 전문 직업고 등학교에 갈 만큼의 기술은 아니지만 자립해 자신의 집을 세심하게 살피고 꾸리는 데 반드시 필요한 기술과 지식들.

　　최근 한국에서도 유럽처럼 노동 계약서를 직접 작성해보는 실습을 도입하고 있다. 노동(권)이라는 것은 그만큼이나 일상이고 중요하기 때문에 실제로 사회에서 계약서를 쓰기 전 학교에서 충분히 교육하고자 하는 목적이다. 대학생들의 절반가량이 원래 살던 집을 나와 살고 있고 다른 지역에서 일하기 위해 집을 떠난 20대 초반 청년도 적지 않다.

　　따라서 실전에 들어가기 전, 월세 계약을 포함한 임대차 계약서를 써보고 등기부등본 같은 서류를 함께 분석하면서 감을 익히고 경험을 해보는 교육도 필요하지 않을까? 특히나 1~2인 가구 수가 점점 늘어나고 있고 가정에서 하는 교육이 예전만큼 힘을 발휘하지 못하는 시대에는 더더욱 말이다. 집과 관련된 일은 그것이 가사가 되었든 기술이 되었든 지식이 되었든 사소한 일이 아니라 생활과 생존의 영역이 될 수 있다.

옆집 사람의 출근 시간은
내 모닝콜

나는 복도 끝 집의 사람이 몇 시에 출근하는지 알고 있다. 알려고 한 것도 아니고 외우려고 한 것도 아니지만, 1년 가까이 비슷한 시간에 같은 소리를 들었으니 알람 시계처럼 알게 되었다. 그의 출근 소리는 실제로 내 아침을 깨우는 알람 시계이기도 하다.

　잠이 덜 깬 채 이불을 끌어올리며, '저 사람은 참 일찍도 출근하네' 하고 안타까워한다. 고시원, 다세대주택 원룸, 다가구주택, 그리고 다시 다세대주택의 원룸. 혼자 산 지 오래되니 이 정도 소음쯤은 이제 익숙하다.

옆집 사람은 늘 늦은 밤에 씻어 자정이 다 된 시간에 내 집과 맞댄 벽면에서 물 흐르는 소리가 계속 들린다. 물론 샤워기 소리인지 세면대 수도꼭지 소리인지 세탁기에 물이 들어가는 소리인지 정확히는 잘 모르겠지만.

자려고 누운 침대 옆 벽면으로 흐르는 물소리도 이제는 그러려니 한다. 우리 집과는 약간 먼 윗집 또는 다른 옆집은 가끔 새벽 1시에 세탁기를 돌려 드럼통이 말 그대로 드럼을 쳐대는데 그럴 때도 속으로 욕 한 번 하고 잠들어버린다.

매너 없게 새벽에 세탁기를 돌리냐, 하다가도 혼자 사는 처지에 너무 바빠 지금 이 시간밖에 돌릴 여유가 없었나 하고 이해해버린다. 또 윗집의 어떤 사람은 밤 10시까지 꼭 운동을 하는데 콩!콩!콩! 뛰는 소리가 꼭 집을 무너뜨릴 것만 같다. 곧 자야 하는데 어쩌려고 저러는 건가 화가 났다가도 귀신같이 10시가 넘어가면 소리가 잦아든다. 이제 너도 자라는 신호인가.

지금은 익숙해진 소음이지만 층간 소음 없는 아파트에서 살다 처음 겪은 소음의 충격은 스무 살 때 고시원에서였다. 이사 온 지 얼마 되지 않은 낯설고 좁은 방 안에서 겨우 머리를 베개에 뉘었을 때 옆집(엄밀히 말하면 옆방)에서 통화하는 소리가 고스란히 들렸다. 무슨 이야기를 하는지 알 수 있었다. 그냥 벽 쪽으로 손을 뻗으면 그 방의 사람에게 내 손이 닿을 것만 같았다. 그렇게 모르는 타인과 가까이 살게 된 것은 처음이었다. 그 얇은 벽을 사이에 두고 조심스럽게 일상을 사는 삶은 계속 이어졌다.

답답한 고시원 이후, 원룸의 삶도 아주 크게 다르지는 않았다. 고시원처럼 옆방의 전화 소리나 대화 소리가 바로 들릴 정도는 아니었지만, 현관문 닫는 소리며 더운 여름철에는 여러 방에서 나는 소리가 창문과 창문을 통해 옮겨갔다. 그 탓에 각자 무엇을 보고 있는지도 들을 수 있었다. 건너건너 어느 방의 사람은 꼭 샤워하면서 노래를 불렀다.

뭐니뭐니 해도 소음의 최고봉은 다가구주택 꼭대기의 옥탑방이었다. 큰 컨테이너 박스로 만든 옥탑방을 둘로 나눠 한 방은 내가 살고 한 방은 집주인의 사돈이 집주인 노릇을 하며 살았다. 그분은 내가 친구나 애인을 데려오면 여지없이 현관문을 열고 지청구를 놓았다. 얇은 벽 탓에 방에 앉아만 있어도 내가 누군가를 데려온 걸 알 수 있었다. 사생활은 하나도 보호되지 않았다.

그분이 자기 방에서 방귀를 뀔 때마다 그 소리가 들릴 정도였다. 너무 황당하지 않은가. 어떻게 다른 소리도 아니고 방귀 소리가? 방귀 뀌는 소리 외에도 그분이 친구와 전화하는 소리며 가끔 방으로 올라오는 손주들 소리며 그 많은 옆집의 소음을 듣고 있자니, 내가 엄마한테 그분을 욕하던 전화며 애인과 '꽁냥'댔던 소리며 모든 게 아득해졌다.

여러 방과 집의 형태를 거쳐보니 고시원이 유독 방음에 약한 곳이 아니라는 것을 알게 되었다. 이후 방음은 포기하게 되었고 소음은 점점 일상이 되어가고 있다. 처음에는 황당했을 뿐이지만 지금은 그냥 너무 심하지만 않기를 바라며 방을 구한다. 오죽하면 지금 살고 있는 집은 방음이 좋은 편이라고 느낄까? 적어도 생활에서 나오는 말소리는 안 들리니까.

물론 이 다닥다닥 붙어 있는 다세대주택 건물에서 하나같이 다들 혼자 사니 딱히 말할 일이 없어 말소리가 안 들리는 건지 그 정도는 방음이 되는 건지 알 수는 없다. 가끔 오는 내 친구들 또는 애인과 내가 하는 말들이 이미 옆집들에 다 들리고 있는 건지 알 노릇은 없다.

다만 내가 할 수 있는 것은 최대한 조용히 대화하는 것,

출근할 때 문을 최대한 살살 닫는 것, 청소기와 세탁기는 일찍 사용하는 것, 음악이나 노트북 소리를 크게 키우지 않는 것. 이런 것들이다.

한때 인터넷에서는 와이파이 이름을 '○○○호 ㅍㅍㅅㅅ', '×××호 좀 닥쳐' 유의 말들로 설정한 사진이 인기였다. 가끔은 밤에 발생하는 소음을 주의하라는 일명 '사이다' 포스트잇을 현관문에 붙여놓고 찍은 사진도 인기 게시물이었다. 아파트에서 설계와 공사의 결함으로 발생하는 층간 소음 문제는 이미 공론화되었지만, 원룸도 크게 다르지는 않다.

원룸이라는 공간은 대부분 애초에 각자의 소리가 들리라고 지어놓은 듯한 집 사이의 공간 크기와 너비, 두께를 갖고 있다. 복도에서 보는 현관문들은 믿을 수 없게 다닥다닥 붙어 있다. 어떤 곳의 좁은 방들은 도면보다 좁게 나뉘고 쪼개진다. 벽과 벽 사이에 콘크리트 대신 놓인 석고보드 벽도 어렵지 않게 찾을 수 있다.

새로운 내 공간을 찾기 위해 방과 방을 건너다니면서 열심히 벽과 벽을 콩콩 두드려본다. 두드림과 동시에 텅 빈 듯한 벽과 벽 사이의 소리, 멀리 가지도 못한 채 바로 돌아오는 소리를 듣는다. 이 집의 설계자와 책임자는 정말로 이 공간을 사람이 살 수 있는 곳으로 생각해 지은 걸까, 한 번도 한숨을 쉬지 않았던 걸까? 가끔은 진심으로 그들에게 묻고 싶었다. 애초에 방음이 불가능한 공간처럼 느껴진다.

그런데도 아파트의 층간 소음만큼 사건이 크게 비화되지 않는 이유는 무엇일까? 어차피 원룸은 다 어느 정도 포기하는 공간이라 생각해서 혹은 곧 떠날, 잠시의 도약을 위해 머물러 있다 갈 자리로 여기기 때문인 걸까? 조금이라도 더 넓고 좋은 공간으로 가기 위해 잠깐은 참고 견디는 그런 공간이기 때문인 걸까? 철새라 불리듯 옮겨다니는 게 그나마 비교적 쉽기 때문인 걸까?

여전히 자정이 넘은 시각에도 옆옆집은 문을 평범하게 닫았지만, 쾅 하는 소리가 복도 전체와 여러 현관문을 울렸다. 복도 끝 엘리베이터에 붙은 '소음 주의 규칙'이 적힌 관리인의 경고 문구가 무색하다. 그는 고작 재활용 쓰레기를 버리기 위해 적잖은 사람을 단잠에서 깨웠을 테다. 그가 재활용 쓰레기를 버리기 위해 나섰다는 걸 알게 된 건 문이 닫히는 소리가 들리고 1분 뒤 바로 창문 밖에서 플라스틱 쓰레기를 던지는 소리가 들렸기 때문이다.

　그렇다고 해서 그가, 그들이 유난히 조심성이 없거나 유독 소음을 많이 내는 사람들인 건 아니다. 옥탑방의 그분도 자신의 집에서는 마음대로 방귀를 뀔 수 있어야 한다. 옆집 사람도 밤늦게 씻을 수 있다. 쓰레기를 버리고 싶을 때 버릴 수 있다.

　얇은 벽과 좁은 틈의 공간을 두고 이렇게까지 조심해야만 하고, 숨을 죽이고 서로의 눈치를 봐야 하는 게 정상인 건지 이제는 정말 모르겠다. 옆집 사람의 출근이 더는 내 알람 시계가 아닌 곳에서 살고 싶다. 그런 집이 더 보편적이면 좋겠다.

원룸에서
투룸으로

집다운 집인 본가에서 떠나 혼자 내 공간을 꾸리고 산 지 꽤 많은 시간이 흘렀다. 이제는 내 집의 공간이 본가의 내 방보다 훨씬 편하다. 본가의 내 방은 오랜 시간 내 손을 타지 않은 딱 그만큼 어색하다. 돌이켜 생각해보면 대학 시절부터 내 집 혹은 내 공간에 대한 애착은 다른 사람들에 비해 컸다. 특히 경기도처럼 비교적 가까운 거리에 본가가 있고 자취를 하는 친구들에 비해서 '내 집'에 대한 애정이 컸다.

그래서 그런지 여러 번의 이사를 거쳤지만, 내부는 늘 비슷하게 나의 취향을 타고 '나의 집'처럼 자리 잡기도 했다. 거쳐온 여러 집의 사진을 펼쳐놓고 보면 눈에 띄는 구조가 아니고서야 어느 곳의 집이었는지 구분하기 어렵다. 그런 내 집들은 부엌과 침실, 거실이라는 공간이 한데 마련된 원룸의 모양이었다. 실제 평수도 4평에서 6평까지 고만고만한 넓이였다.

이 집들은 모두 월세였다. 돈을 벌지 않았던 대학생 시절에는 서울 평균의 보증금을 마련하기에도 벅찼다. 돈을 벌기 시작하고부터는 1년 동안 꼬박꼬박 저축해 보증금을 올리고 월세를 낮추었다. 10년이 안 되는 시간 동안 서울의 보증금과 월세는 부지런히 올랐다. 직접 돈을 벌고 매달 1일마다 집주인에게 월세를 보내고 있으니 자연스레 이 돈을 아낄 방법을 찾기 시작했다.

내가 가진 코 묻은 돈으로 엄두도 못 낼 거 같았던 전세금을 사실은 대부분의 사회 초년생들이 대출로 마련한다는 사실을 알게 되었다. 매맷값에 가까운 전셋값 덕분에 같은 조건의 집이면 월세보다 전세자금 대출의 이자로 내는 돈이 더 낮다는 사실도 알게 되었다.

시간이 지나고 나니 순진하고 귀여운 깨달음처럼 느껴

지지만 아무도 나에게 알려주는 사람이 없었다. 금융 쪽에서 일하는 친구는 흔히 월세로 나가는 금액만 생각하지만 그 기간 동안 묶여 있는 적지 않은 금액의 보증금도 함께 고려해야 한다는 지혜로움을 전해주었다.

그렇게 월세와 비교하며 이자를 더하고 빼다 보니 끝이 없는 인간의 욕심이 고개를 들기 시작했다. 어차피 원룸의 전세자금 대출 이자가 월세보다 적다면 조금 욕심을 내 집다운 집에 살아보는 게 어떨까? 어느 정도의 보증금도 모아놓았으니 해볼 만하지 않을까?

4평의 원룸 공간은 아늑하고 청소를 하기 쉽다는 장점이 있다. 하지만, 작은 창문을 한껏 열어두어도 공기 순환이 잘 되지 않고 그래서 먼지가 너무 잘 쌓인다는 점, 거실·침실·부엌이 구분되지 않고 섞여 있다는 점, 대부분 원룸 건물은 한 층을 여러 세대의 집으로 쪼개 새벽마다 현관문을 열고 닫는 소리에 잠이 깬다는 점 등 여러 단점이 지겨워지기 시작했다. 그렇게나 잘 살아왔는데 말이다.

나도 이제는 돈을 번다는 사실에 고무되었다. 그러다 보니 월세로 나가는 미련한 소비를 아껴보겠다고 먹은 마음은 어디론가 사라지고 더 넓은 투룸, 그 금액을 위한 대출에서 나오는 이자에 대해 열심히 계산기를 두드리고 있었다.

'나도 이제 맞바람이 드는 창문 두 개인 집에서 살고 싶어. 부엌 싱크대가 두 칸은 되는 집이면 좋겠어. 인덕션이 두 개면 좋겠어. 샤워 한 번 하면 변기와 걸어둔 수건까지 젖지 않는 화장실이면 좋겠어. 옆집에 누가 사는지 모르는 집, 요리를 해도 온 집안과 침대와 걸어둔 옷에 냄새가 배지 않는 집이면 좋겠어.'

전세자금 대출을 알아보니 생각보다 사회 초년생들을 위한 복지 차원에서 정부에서 지원해주는 상품이 꽤 있었다. 연소득 5,000만 원 이하 세대주이면서 무주택자인 사람에게 연 2퍼센트대의 이자로 최대 1억 2,000만 원까지 전세금을 빌려주는 '버팀목 전세자금 대출'과 중소기업을 다니는 청년에게 최대 1억 원까지의 전세금을 1퍼센트대의 이자로 빌려주는 '중소기업 취업 청년 전월세 보증금 대출' 상품이 대표적이다.

평균적으로 3~4퍼센트대의 전세자금을 대출해주는 일반 은행권 대출보다 이자가 낮다. 최대 금액이 1억 2,000만 원이나 1억 원이라고 나와 있기는 하지만, 이것도 결국 대출이기 때문에 자신의 연소득과 지고 있는 빚 등 재무 상태를 고려해 최대 금액이 나온다.

처음에는 아무것도 모른 채 신나게 대출 가능 최대 금액에 현재 보증금을 더해 비싸고 좋은 집들을 알아보다가 은행에서 기가 죽었다. 대출 최대 금액은 말 그대로 최대 금액일 뿐 자신의 고용 형태나 소득 등으로 은행과 관련 기관에서 정해준다. 대학을 나온 사람은 학자금 대출을 갖고 있으면 그 금액까지 고려해 대출 가능 금액이 나오니 최대한 빨리 갚는 게 조금이라도 유리하다.

이외에도 자신이 다니는 회사의 재정이 얼마나 튼튼한지, 우량 고객인지, 주거래은행인지에 따라서도 조금씩 가능 금액이 오르고 낮아진다. 그렇기 때문에 정확한 대출 가능 금액을 알려면 재직증명서나 건강보험 자격득실 확인서, 연소득을 증명할 수 있는 서류인 원천징수영수증이나 소득 금액 증명원 등이 필요하다. 처음에는 뭐가 뭔지 잘 몰랐지만 은행에서 상담을 받으니 친절히 알려주었다.

물론 내 욕심보다 내 월급은 적었다. 그에 따라 모아놓은 돈도, 가능한 대출 금액도 적었다. 예전부터 느낀 거지만 내 소득 증가 수준은 늘 오르는 집값을 쫓아가지 못한다. 서울의 평균 투룸 전세가는 2억 원대란다. 회사에서 그리 멀지 않은,

견딜 만한 거리의 인근 지역 투룸은 대략 1억 원 후반대였다.

평균 전세금에 내가 갖고 있는 코 묻은 보증금을 빼고 난 금액은 내 대출 가능 금액에 조금씩 미치지 못했다. 돈을 모아 보니 그 정도 금액은 조금이지만, 통탄스럽게도 나에게는 분명 없는 금액이었다. 그 금액 내에서 치열하게 덧셈과 뺄셈을 해야 했다.

자본주의 시장에서 금액과 집의 상태는 아주 정확하고 정직하게 더해지고 빠졌다. 역에서 얼마나 먼지, 저층인지 고층인지, 빛이 얼마나 들어오는지, 바로 앞에 건물이 있는지 없는지, 얼마나 오래되었는지 등에 따라 몇 백만 원 단위의 금액이 하나씩 올라가거나 떨어졌다. 같은 건물에서도 층과 채광의 정도로 금액이 달라졌다. 그야말로 끊임없는 포기와 양보의 순간이었다.

집의 상태가 조금 떨어지더라도 금액이 드라마틱하게 떨어지지는 않았다. 반대로 집값이 조금 떨어지면 집의 상태는 드라마틱하게 떨어지기도 했다. 게다가 역설적으로 환경이 좋지 않거나 금액이 떨어지는 많은 집은 근린생활시설이거나 불법 증축, 높은 융자 등의 이유로 전세자금 대출이 불가했다.

평균의 월급을 받는 사회 초년생과 청년을 위한 주거안

정 전세자금 대출금 지원은 약간 좋은 원룸 정도의 금액이었고 그마저도 원룸은 전세 매물이 적었다. 보증금마저 없거나 적다면 서울에서는 이 모든 게 더 어려워진다.

지금의 원룸 월세보다 조금 적은 돈을 내며 좋은 투룸에 살 수 있을 거라는 내 꿈은 말 그대로 순진하고 귀여운 꿈이었다. 조금 욕심을 내 일반 은행권 대출을 받으면 월세보다 훨씬 많은 금액을 다달이 이자로 내야 한다. 그 사이에서 계산기를 수십 번 두드리며 수십 가지 경우의 수를 정리해 고민한다.

집을 알아보기 시작한 지 한 달째지만, 살펴보는 지역이 회사에서 좀더 멀어졌다. 역에서는 진작에 멀었다. 층수는 원래부터 상관없었다. 이제 투룸 대신 1.5룸을 살펴본다. 그래도 아직은 침실과 부엌이 분리되기를 바란다. 어차피 하루 종일 일하다 저녁에 들어오는데 한 줌의 햇빛도 포기했다.

앞으로 또 무엇을 포기하고 얻고 더하고 빼게 될까? 내게 집은 2년 동안 잠깐 머물다 갈 공간일지라도 정말 나의 집이라는 느낌을 주는 공간이어야 하는데⋯⋯. 그 소박하지만 결코 소박하지 않은 바람 사이에서 나는 오늘도 부동산으로 향한다.

2 장

요즘 것들의

일인

라이프

욜로의 라이프는
없다

드레이크Drake의 〈더 모토The Motto〉를 우연히 처음 듣게 되었을 때만 해도 욜로가 한국에서 이토록 핫한 키워드가 될 줄은 몰랐다, 정말로. 노래 내내 드레이크는 자기 자랑만 한다. 여느 힙합 음악이 그렇듯 자랑을 위한 노래다. 돈 자랑, 여자들의 인기 자랑. 돈 많고 한 번뿐인 인생, 그게 자신의 좌우명이라고.

이제는 한국에서도 대부분의 사람들이 이 신조어를 한 번쯤은 들어 알고 있다. '한 번 사는 인생', '네 인생 한 번이야'

따위로 해석되는 짧은 문장에 수십 가지의 해석이 일고 마케팅이 이루어지고 논쟁이 오가게 되었다.

한참 욜로가 한국을 강타한 후 이곳저곳에서 일명 '욜로족'을 잡겠다며 마케팅에 혈안이었다. 여기저기 언론에서도 욜로와 욜로족을 다루었다. 그러나 이제는 욜로라는 신조어의 한계가 보이기 시작한다. 사실 욜로도 결국 트렌드 키워드(유행어)이고 일종의 프레임이므로, 이쯤 되면 비판적인 시선이 슬금슬금 나올 때가 된 것이다.

그도 그럴 게 처음 욜로라는 단어가 만들어지고 불리기 시작한 것은 드레이크를 비롯한 돈 많은 래퍼들 사이에서다. 적당히 돈이 있는 사람들이 '인생은 한 번뿐'이라며 남 눈치 보지 않고 즐길 것 다 즐기며 살다 가겠다는 말이다. 물론 한국에서 욜로는 조금은 다른 방식으로 수입되기는 했지만, 결국 돈이 전제되어야 한다는 건 크게 다르지 않다. 어느 정도는 욜로의 삶을 살 수 있는 사람들에게나 욜로인 것이다. 당장 편의점에서 800원짜리 삼각김밥을 먹다 알바비가 들어와 3,500원짜리 돈코쓰라멘을 먹는 게 욜로겠는가?

이런 문제의식이 20대들 사이에서 조금씩 퍼지고 있던

차에, 이상하게도 이 욜로족이 여느 언론과 SNS를 통해 사뭇 다른 방향으로 흘러가기도 한다. 욜로족이란 미래 따윈 괘념치 않는, 대책 없고 철없는, 소비에만 빠진 20대들의 이야기인 것처럼.

'한국형 욜로, 지나치게 거창하다', '요란한 해외여행', '욜로 좇다 골로 간다', '병든 욜로', '라이프스타일이 아닌 소비 중심 추구가 문제' 등 욜로족 마케팅 기사들 사이에서 이런 비판 기사를 꽤나 찾아볼 수 있다. 대체 20대의 어떤 행동들이 이들의 심기를 거스른 걸까?

20대 당사자로서는 사실 욜로가 조금은 유니콘 같은 단어였다. 기표는 있는데 기의는 없는 그런 게 있지 않은가? 분명 나도 20대고 너도 20대고 내 주변에 있는 이도 20대인데, 대체 왜 욜로족을 찾아보기 어려운 건지……. 이들은 생각과 달리 월급의 일정 금액을 저축하고 있었고, 월세와 통신비를 꼬박꼬박 내느라 남는 돈이 그다지 없는 평범한 사회 초년생들이었다. 사고 싶은 비싼 물건이 있다면 조금씩 돈을 몇 개월간 모아 구매하는 그런 친구들이다. 가끔 그 친구들은 눈치 보며 휴가를 며칠 내고 가까운 곳으로 여행을 떠난다.

이들이 역시 요란하게 해외여행을 하고 싶은 마음이 왜

없겠냐만은, 요란하게 여행할 돈이 없는 게 문제다. 대학생 시절보다는 조금 더 넉넉한 돈으로 여전히 계획을 짜고 아낄 건 아끼며 그렇게 여행한다. 여행을 다녀온 뒤에는 한참은 일상이 궁핍해지기도 한다. 어떤 친구들은 가끔 1년마다 돌아오는 페스티벌에 가기도 한다. 남미에서 열리는 페스티벌 말고, 자라섬에서 하는 그런 페스티벌을.

나도 나의 욜로는 과연 무엇일까 고민해보았다. 몇 년 전부터 제대로 된 직장에서 20대들이 받는 평균 임금 정도를 받고 있다. 그렇다면 과연 내 인생은 얼마나 욜로다워졌을까? 아무리 생각해봐도 막상 돈을 욜로답게 쓰는 곳이 없는 것 같다. 언론과 어른들의 기대에 충족하려면 요란하고 거창한 소비 중심의 라이프스타일이어야 하는데! 월급의 절반을 적금에 넣고 남은 돈의 절반은 월세로 나간다. 나머지 생활비에서 조금씩 빼놓은 돈으로 가끔 여행을 간다.

요란하고 거창한 해외여행도 있겠지만, 가끔 근교에 나가 1박 2일로 텐트를 치고 누워 빈둥대며 책을 읽어도 여행이다. 택시를 잘 안 타는 편이지만 가끔 억수 같은 비에 우산이 없을 때, 예전 같으면 집에 이미 100개 있을 일회용 우산을 사기 아까워 고민하거나 비를 맞으며 갔겠지만 이제는 택시를 탄다. 물론 거리를 따져보고 택시를 탄다. 또 아플 때도 택시를 탄다.

대학생 때는 읽고 싶은 책이 있어도 사지 못하고 도서관에서 빌려야만 했다. 아니면 서점에서 읽었다. 이제는 읽고 싶은 책을 언제든 살 수 있다. 물론 엄청 많이 사지는 않는다. 예전에는 식당이나 카페에 가면 언제나 가장 싼 메뉴 언저리의 음식들을 시켰다. 가끔은 주문하기 전에 급하게 스마트폰으로 통장 잔고를 조회해 잔액이 있는지 확인하기도 했다. 이제는 가장 싼 메뉴를 덜 시킨다. 안 시키는 건 아니고, 싼 메뉴에서 조금 떨어진 메뉴들도 시킨다. 그리고 내 가치관을 드러내는 물건을 사기 위해 가끔 텀블벅에서 후원도 한다.

아무리 생각해도 나는 요란하고 거창한 욜로가 아닌 것 같아 주변의 다양한 친구들에게 물었더니, 오히려 그들은 어르신들이 시발비용(스트레스로 인해 쓰지 않을 돈을 홧김에 쓴다는 말) 혹은 탕진잼(사고 싶은 물건을 자신의 경제 한도 내에서 마음껏 쓰는 것)을 욜로 라이프로 착각하고 있는 것은 아니냐고 되물었다.

가끔 걸어갈 걸 열받아 택시비를 쓰고 좀 참을 걸 디저트를 사고, 크게 필요도 없는 다이소 1,000원짜리 물건을 여러 개 사고, 카누로 타 먹는 것 대신 사먹는 아이스아메리카노를 두고 요란한 소비 중심 인생이라 하는 거 아니냐며 조소했다. 나도 같이 낄낄거렸다.

어떤 친구는 욜로 할 돈도 없다고 냉소했다. 어떤 친구는 욜로 좋다 골로 가기 전에 저임금에 중노동하다 골로 가게 된다고 말했다. 욜로라는 단어의 한계가 보인다는 것도 결국 이런 이야기다. 언론에서 20대를 두고 말하는 욜로의 라이프스타일은 자세히 들여다보면 실은 N포 세대의 조금 세련된 버전이다.

N포 세대에서 욜로로 변화한 것이 포기에서 선택으로 간 것이라는 한 언론의 표현은 기만에 가깝다. 아무리 월급의 절반을 저축한다 해도 어느 세월에 전셋집을 마련할 수 있을지 알 수가 없다. 당장 결혼자금이 부담스러워 결혼을 꿈꾸지도 못하는, 자기 하나 건사하지 못할 것 같아 아이는 생각도 못 하는 사람이 한두 명이겠는가?

최저주거기준에도 미달하는 집에 살면서 길거리에 내쫓길 수는 없어 월급의 4분의 1을 월세로 넣는 사람들이 나쁜일까? 그런 N포 세대라 불리는 20대들이 한 번 사는 자신의 삶을 위해 미래보다는 당장 하고 싶은 거 하겠다는 게 어느덧

대책 없는 욜로족이라 불리고 있다.

요즘 날이 많이 습해져 제습기를 알아보고 있다. 하나에 15만 원 정도 하는 걸 두고 몇 날 며칠을 고민했다. 물론 지금도 고민하고 있다. 그러다 우연히 어느 아재파탈님의 「브라보 욜로, 브라보 아재」라는 글을 읽게 되었다. '긴 세대로 고통받고 억울하게 꼰대와 개저씨로 비웃음 당하'는 아재들의 존재감을 입증하기 위해 '아재 욜로'로 서로를 북돋는 그런 글이었다.

식당 직원이 여자이거나 어려 보이면 반말을 하고, 술 마시고 공공장소에서 시끄럽게 떠들고, 모르는 여자를 예쁘다는 이유로 쳐다보고, 틀려도 맞다고 우긴다고 하는 그분은 많이 억울해 보였다. 이어 그분은 장난감, 패션, 미용, 여행 등에서 아재 욜로족이 엄청난 영향력을 갖고 있으며, 1억 5,000만 원짜리 여행 패키지가 모두 동났다고도 했다. 이렇게 아재 욜로들의 파워가 엄청나니 세상 모든 아재여, 기죽지 마시고 어깨 펴시라고 말한다.

이 글을 보고서 나는 몹시 현타(현실 타격 또는 현실 자각 타임. 충격을 받았다는 말)에 빠졌다. N포 세대라 불리는 20대들은 욜로에 쓸 돈도 없는 경우가 태반이지만, 어느새 대책 없는 욜로족이 되어 일종의 부정적인 사회현상으로 손가락질을 당하고 있다.

한편 이 사회에서 돈을 가장 많이 벌고 있는 분들은 어린 세대들의 눈치와 개저씨 혹은 꼰대라 불리고 있다고 억울함을 호소하며 당당히 아재 슈머 혹은 아재 욜로를 외치고 있다. 씁쓸하다. 20대의 욜로를 비판하는 이들에게 제습기의 가격은 어느 정도의 무게일까? 아무래도 나는 올해도 제습기를 사지 못할 것 같다.

N잡러를 꿈꾸는
당신에게

지금 너무 바쁘다. 여러 일이 한 시기에 한꺼번에 몰렸다. 수정해야 할 글이 몇 개인가? 새로 써야 할 글은 또 몇 개인가? 내일은 3시부터 촬영이 있는데……. 촬영 구성안 확인은 언제 하지? 지금은 밤 10시, 마감까지 몇 시간이 남은 걸까? 급한 마음에 맥주만 들이켠다.

　　나는 사실 'N잡러'다. N잡러란 여러 수를 의미하는 N과 잡job, 즉 '~하는 사람'이라는 영어 표현er이 한데 붙은 신조어다. 단어 하나하나를 살펴보면 추측할 수 있듯이 N잡러란 여러 일을 하는 사람을 의미한다. 군이 투잡two job이라는 표현을 쓰지 않는 것은 이들은 보통 세 가지 이상의 일을 하기 때문이다.

요즘 주변의 젊은 사람들 중 몇은 N잡러를 자처한다. 근무 형태가 유연한 스타트업이나 재택근무가 가능한 직장에 다니는 청년들에게서 N잡러를 찾아볼 수도 있다. 안정된 한 직장에서 나인 투 식스9 to 6로 그 회사 일만 하는 것이 아니라, 한정된 24시간이라는 시간을 쪼개고 분배해 여러 일을 해내는 사람들이다.

N잡을 하는 이유도 다양하다. 어떤 사람은 생계를 위해, 어떤 사람은 미래를 위해, 어떤 사람은 워커홀릭의 성향 탓에. 제4차 산업혁명이니 로봇의 발달이니, 앞으로의 노동시장에서 비정규직은 점점 더 많아져 갈 테고 사람들은 일자리를 잃게 된단다. 그 와중에 청년층에서는 N잡러들이 생겨나고 있다. 어쩌면 일의 개념과 형태는 점점 달라지지 않을까?

나는 왜 N잡러가 되었나? 정확히 내가 하는 일의 개수는 매일 다니는 회사와 비정기적 업무를 포함해 4.5개 정도 된다. 언제부터 나는 N잡을 하게 되었을까? 생각해보면 N잡러의 운명은 스물다섯 살 때부터 시작되었다. 스물네 살, 무기력함과 우울감에 힘든 한 해를 보내고 한 달 동안 동남아시아로 배낭여행을 떠났다. 오랜 시간의 여행으로 나 자신을 돌아볼 여유가 생겼고, 그 덕에 나는 무기력함을 떨쳐낼 수 있었다.

스물다섯 살의 봄부터 나는 여러 가지 일을 시작했다. 반드시 수입이 따라오지 않더라도 생산적인 일을 하려고 노력했다. 시간을 무의미하게 흘려보낸 과거의 나에게 갖고 있던 부채감을 해소하기라도 하는 듯. 시간을 그냥 흘려보내서는 안 된다는 강박은 쉴 틈 없이 나를 몰아쳤다.

스물네 살의 내가 갖고 있던 불안감은 일종의 막막한 미래에 대한 두려움이었고, 주변의 친구들이 착착 준비해가는 취업 준비를 보며 켜켜이 쌓인 좌절감의 종착역이었다. 그 무기력함을 이겨내려고 아등바등 쉴 틈 없이 나 자신을 밀어붙였으니, 일을 많이 하고 있지 않을 때 그 불안감을 다시 느끼는 건 이상할 게 아니었다.

지금 4.5개의 일을 하는 이유는 여러 가지지만, 그중 하나는 처음 N잡러가 된 이유와 본질적으로 다르지 않다. 미디어 스타트업에서 원대한 미래를 꿈꾸며 콘텐츠를 만들었지만, 결국 나는 불안함을 견디지 못하고 회사에 들어갔다.

하지만 당시 나의 고용 형태는 비정규직이고, 비정규직이라는 불안감은 나를 여전히 N잡러에서 벗어나지 못하게 했다. 정규직으로 취업한 친구들이 5년 뒤 혹은 10년 뒤 자신의 모습이 될 선배들을 보며 미래를 설계할 때, 나는 당장 1년 뒤 이 회사에 남아 있을지조차 불투명했다.

더 냉정하게 말하면, 이 산업에 이 업계에 이 직무에 계속 남아 있을지도 알 수 없었다. 더 명확하게 말하자면, 나는 이 회사에서 나의 비전을 꿈꿀 수 없다. 결국 4.5잡러가 된 이유는 '커리어'에 대한 욕망 때문이었다. 비정규직이라는 고용 형태로는 경력 증명서를 뗄 수도 없으며, 최악의 경우 내 직무에 대한 이해도가 낮은 회사에서는 내 경력을 아르바이트 정도로 보게 될 수도 있다.

'뭐가 내 커리어로 먹힐지 모르니 커리어가 될 만한 것들은 일단은 다 해봐야지.' 게다가 비정규직의 수입은 매달 월세를 내며 살아야 하는 사람에게 삶을 견디기 버겁게 만든다. 저축도 하고 소비를 하기 위해 N잡의 수입은 작게나마 내 삶의 질에 도움이 되었다. 이런 상황에서 4.5잡은 미래의 생존에 대한 절박함이다.

물론 생존의 절박함 외에 희망찬 이유도 있었다. 요즘은 한 직장에서 평생 같은 일을 하며 사는 걸 상상하기 어려울 만큼 세상에는 하고 싶은 일도 많고 재미난 일도 많다. 어른들에게는 정언명령 같았던 평생직장과 한 가지 직업의 의미는 이제 점점 옅어지고 있다. 충분히 더 좋은 조건의 직장이 있다면, 충분히 자신의 적성에 더 맞는 직장이 있다면 다른 곳으로 갈 수 있다.

오로지 한 가지 일만 경험하고서 이 일이 나에게 맞는지 안 맞는지 어떻게 판단할 수 있을까? N잡러가 된 희망찬 이유에는 다양한 일에 대한 욕망과 순수한 호기심이 있었다. '어떤 일이 과연 나에게 가장 큰 즐거움을 주고 내 적성에 맞을지 찾아봐야지.' 한 가지 일만 평생 하기엔 인생은 길고(!) 시간은 많다.

N잡러가 되고자 한다면 자신의 삶과 일의 사이클을 잘 파악해 N잡의 장단점을 따져 결정해야 한다. 한마디로 '워라밸work and life balance'이 중요하다. 먼저 N잡의 최고 장점은 당연히 수입이다. 수입이 늘어난다. 무조건 수입은 다다익선이다. 돈은 많으면 많을수록 좋다. N잡을 하면 한 가지 일을 할 때마다 수입은 올라간다. 당시 나는 다달이 기본으로 무조건

들어오는 회사 월급과 정기적인 다른 N잡의 수입으로 저축을 하고 월세를 냈다.

저축과 월세가 빠지고 남은 얼마 안 되는 생활비를 고정하고 대신 비정기적으로 들어오는 다른 N잡의 소소한 수입은 나에게 주는 선물로 소비하거나 주로 여행을 떠난다. 혹은 최소한의 생활비로는 도저히 감당할 수 없었던 운동을 하거나 평소 배우고 싶던 것들을 배울 수 있었다. N잡은 일을 하는 만큼 삶의 질을 높여준다.

N잡러의 또 다른 장점은 바쁘게 살 수 있다는 것이다. 쉽게 게을러지는 사람들에게는 N잡이 인생의 원동력이 될 수 있다. 뭔가 여러 가지 일을 하다 보면 괜히 보람차고 뿌듯하고 내가 굉장히 쓸모 넘치는 인간이 된 것 같다. 나는 이런 일도 하고 저런 일도 할 수 있다! N잡은 삶의 충만함을 N배로 높여준다. 내가 굉장히 쓸모 있는 인간처럼 느껴지는데 거기다 수입까지 생긴다니……. 게다가 N잡이 내가 정말 좋아해서 벌인 일이라면 그 행복감은 N배가 된다.

단점 역시 뚜렷하다. 우선 체력이 좋지 않으면 방전되기 쉽다. 실은 체력이 좋아도 쉽게 방전될 수 있다. 사람은 한 가지 일만 해도 업무의 강도가 강하다면 지치기 십상이다. 그래서 N잡러들은 '번아웃'을 조심해야 한다. 사실 나는 지금 번아웃 되기 직전이다. 80퍼센트 정도 온 것 같다.

　N잡의 최대 단점은 워라밸이 무너지는 게 한순간이라는 점이다. 업무라는 게 모두 그렇듯, 처음 내가 생각했던 강도와 다를 수 있고 내가 생각했던 소요 시간보다 훨씬 더 걸릴 수 있다.

　이렇게 되었을 때 N잡끼리 뒤엉키게 된다. 나름 나의 워라밸을 고려해 짜놓았던 스케줄은 엉망이 되고, 기진맥진한 상태로 일을 처리하다가 번아웃 직전까지 이르게 될 수 있다. 최악의 경우, 어떤 일도 제대로 해내지 못하는 무능력한 사람이 될 수 있다.

　N잡러는 포기해야 할 것이 많이 생길 수도 있다. 시간은 한정적이고 업무의 양은 어떻게 늘어날지 모른다. 퇴근 뒤 친구들과 약속을 쉽게 잡지 못하거나 취소해야 하는 경우도 종종 생긴다. 운동을 하는 시간조차 부담스럽게 느껴지는 날이 오기도 한다.

　가장 최악은 재충전의 시간, 즉 나만의 휴식 시간마저 빼앗기는 상황이다. N잡러가 되면 주 40시간의 노동 시간은 가뿐하게 뛰어넘는 경우도 많다. 대단한 휴식이 아니어도 일에서 손을 떼고 온전한 내 시간을 갖지 못한다는 건 너무 슬픈 이야기다.

이 외에도 N잡러가 되는 이유는 다양할 테고 N잡러의 장단점도 더 다양할 거다. 어쨌거나 그 시간이 얼른 지나가길 바랐다. 내가 어쩔 수 없는 일과 일상의 변수들이 생기면서 며칠 동안 잠을 설치기도 했다.

한바탕의 버거움이 지나고 나면, N잡러의 삶을 잠깐 유예하고 오롯이 내 시간을 갖기도 했다. 놓쳤던 주변도 챙기고 내 건강도 챙기고 약간은 망가진 워라밸도 재정비하면서. 무엇보다 휴식 뒤에 올 또 다른 N잡에서 더 효율적으로 시간을 사용하고 업무를 해낼 수 있도록 고민하는 시간을 갖기 위해서.

이런
결혼이라면

"저희 ○○○와 □□□는 각자의 커리어를 존중하고 응원하며, 서로에게 희생을 강요하지 않겠습니다."

하늘이 맑고 높았던 9월의 어느 날 친구의 결혼식이 있었다. 친구인 신부와 그의 신랑이 함께 이 성혼 서약서의 구절을 읽자마자 양쪽 테이블에서는 환호성이 터져나왔다. 이어 신부와 신랑은 다른 구절도 읽었다.

"저희 ○○○와 □□□는 고정된 성 역할을 나누거나 강요하지 않겠습니다."

하객 테이블 곳곳에서 또다시 환호성이 터져나왔다. 사실 맥주 몇 잔 비우고서 한껏 기분이 좋아진 나와 친구들은 심지어 일어서 박수를 치기까지 했다. 몇몇 어른이 웃으며 쳐다보았지만 우리는 크게 개의치 않았다. 친구가 신나게 식장을 춤추듯 입장했던 것처럼, 그날은 사랑하는 친구와 그 친구가 사랑하는 사람의 행복한 축제였기 때문이다. 사실 비슷한 성혼 서약식을 지난 5월에도 이미 들은 적이 있었다.

"신랑 ○○○는 신부 □□□가 슈퍼우먼이 되는 일이 없도록 하겠습니다."

그때도 많은 하객이 신부와 신랑의 서약에 환호성과 함께 큰 박수를 보내주었다.

〈며느라기〉라는 웹툰이 인기였다. 〈며느라기〉는 '사린'이라는 결혼한 지 얼마 되지 않은 여성이 주인공으로, 결혼생활과 시댁 식구, 제사처럼 새로운 변화, 관계, 결혼문화 등을 다룬 웹툰이다. 이 웹툰은 특히 젊은 여성들에게 인기였다.

결혼을 하기 전의 여성이나 결혼한 여성이나 모두 공감하고 고개를 끄덕인다. 나도 엄마에게 그 웹툰이 업로드될 때마다 링크를 보내주었다. 〈며느라기〉에 등장하는 주인공은

30대 정도로 추정되지만, 엄마도 많이 공감을 할 정도로 그 에피소드들은 보편적인 이야기를 담고 있었다.

〈며느라기〉를 찬찬히 읽다 보면 '과연 결혼이라는 것이 평등하고 동등한 것일까?' 하는 의문이 들기도 한다. 특히 명절날 에피소드에서 사린이 남편 무구영의 집에서 구영의 조상님들을 위해 음식을 차리는 모습이 그렇다. 구영을 포함한 무씨네 남성들은 아무도 자신의 조상님들을 위한 음식을 차리지 않는다. 물론 이런 제사의 모습을 몰랐던 것은 아니다. 다만 누군가가 그것을 객관적으로 그려놓으니 더욱 낯설고 이상하게 느껴졌다.

명절날 이야기, 시부모님(구영의 부모님)의 생일 이야기 등 다양한 결혼식 이후의 에피소드들을 돌고 돌아 이야기는 다시 사린의 결혼식장으로 향한다. 실은 사린의 꿈이었지만, 꿈속 사린의 결혼식에서 주례 선생님은 "며느라기를 받아들이겠습니까?"라며 사린에게 답을 요구한다.

며느라기를 받는다는 의미는 며느리로서 어찌어찌해야만 할 것 같은 마음이 생긴다는 뜻으로 그려진다. 이 웹툰은 꿈이라는 다소 상상적 매개를 차용해 며느라기의 의미와 이야기를 풀어나갔다.

며느라기를 받아들이겠냐고 묻는 자리는 바로 다름 아닌 '결혼식장'이다. 결국 결혼식의 모습은 여성의 결혼 후 삶의 모습을 은유적으로 표현하는 것은 아닐까 하는 생각이 들었다. 흔히 결혼을 두고 '두 사람이 모여 한 사람이 되는 것'이라고 표현한다.

그러나 나는 부모 세대를 포함해 결혼한 사람들을 보며, 하나됨이 '두 사람 중 한 사람의 지워짐'은 아닐까, 특히 여성의 지워짐은 아닐까 하는 생각을 가끔 한다. 결혼을 개인과 개인의 동등한 만남이 아닌 집안 대 집안으로 보는 사회적 관습과 부모에게 의존할 수밖에 없는 사회경제 구조 역시 한몫한다.

여자 친구들끼리 모이면 가끔 대안적인 삶의 형태를 이야기한다. 결혼과 결혼식도 그중 하나의 주제다. 〈며느라기〉처럼 어쩌면 결혼식은 곧 펼쳐질 결혼생활의 일종의 압축적인 은유가 아닐까 하는 생각이 문득 들었다. 지금의 보편과 조금은 다른 결혼생활을 꿈꾸듯, 우리는 조금은 다른 결혼식 문화를 꿈꾸기 시작했다.

여성이 남성의 집으로 편입되지 않는, 다시 말해 여성 역시 주체적일 수 있는 결혼식. 또한 집안과 집안의 만남이 아닌, 그저 사랑하는 개인과 개인이 미래를 함께하겠다는 것을 선언하는 결혼식. 그런 결혼식을 꿈꾸기 시작했다.

9월에 결혼한 친구는 부모님 친구와 지인들에게 보내는 것을 제외한 청첩장에 양가 부모님들의 이름을 모두 뺐다. 대신 신부 이름과 신랑 이름은 순서대로 적었다. 이름 몇 개 빼는 게 무어가 그렇게 어렵겠나 싶지만, 결혼이 집안의 문제인 한국에서 그리 쉽게 결정하고 행동으로 옮길 수 있는 일은 아니다.

키가 큰 편이 아닌 친구는 혼자서 자유로이 걸어다닐 수 있는 드레스와 신발을 골랐다. 처음에는 아예 바닥에 끌리지 않는 드레스를 입으려고 했으나, 놀랍게도 끌리지 않는 드레스가 거의 없어 엄청나게 제한된 선택지에서 애를 먹어야만 했다.

키가 160센티미터 초반인 친구는 웨딩숍에서 본 대부분의 드레스가 거의 175센티미터 키에 맞춰져 있는 것을 보고 놀랐다. 평소에도 구두를 신지 않는 친구가 '15센티미터짜리' 힐을 신고 서 있을 자신은 당연히 없었다.

결국 아예 끌리지 않는 드레스를 찾지 못한 친구는 최대한 짧은 드레스를 입고 접어서 길이를 줄이는 방법을 택했다.

친구는 식전 신부 대기실에 꼼짝없이 앉아 있는 것 역시 끔찍하다고 말했다. 그래서 신부 대기실을 없앴다. 친구도 신랑과 함께 밖으로 나와 자신의 결혼식에 온 친구와 지인들을 반갑게 맞이했다. 신부 대기실 밖에서 좀더 자연스럽고 편하게 사진을 찍을 수도 있었다.

결혼식이 시작되고 신부는 신랑과 함께 행복하게 식장으로 들어섰다. 신부의 아버지가 신부를 신랑에게 건네주는, 부창부수와 같은 모습이 싫어 신부는 신랑과 함께 손을 잡고 입장했다. 누군가가 누군가의 소유물도 아닌, 그래서 어디론가 다시 편입되는 모습이 아닌 두 개인의 만남을 그리고 싶다고 했다. 신부가 한 손으로 드레스를 잡아야 해서 신랑의 한 손에 들린 부케는 신랑과 신부의 친구 중 가장 행운이 필요한 사람에게 던져졌다.

하나하나 사소해 보이지만 이 사소한 특이점들이 모여 성혼 서약식 때 환호성을 자아냈다. 이제껏 본 그 어떤 결혼식보다 행복한 재미있는 결혼식이었다. 괜한 억지 가족주의 서사로 눈물을 빼는 일도 없었다. 친구는 애초에 자기 자신을 하나의 개인으로 인식했으니, 부모님에게 속해 있다 남의 집으로 편입된다 따위의 서사도 없었다. 남의 집 사람이 된다거나 사라지는 것이 아니라, 그저 사랑하는 사람과 함께하겠다고 공식적으로 선언한 자리 그뿐이었던 것이다.

실은 나는 결혼을 하고 싶지만 할 자신이 없었다. 나와 상대에 대한 책임 이외에 져야 할 책임과 역할이 두렵고 싫기 때문이다. 하지만 친구의 결혼식과 또 그 이후의 결혼생활을 지켜보며 조금은 용기와 희망을 얻었다. 결혼 이후의 삶의 모습이 어쩌면 결국 결혼식부터 시작된다는 것이 어느 정도 맞는다면, 좀더 나은 결혼식을 꿈꾸고 싶다. 이어 더 나은 결혼 이후의 삶의 모습도 꿈꾸고 싶다.

두 사람을 위해 한 사람이 지워지거나 희생할 필요가 없는 결혼. 두 사람 이외의 사람을 위해 한 사람 혹은 두 사람이 희생할 필요가 없는 결혼. 그런 결혼을 나와 친구들은 막 꿈꾸기 시작한 것이다.

결혼하지 않아도
법적 보호자가 될 수 있을까?

얼마 전 술을 마시다 애인이 다쳤다. 친구들과 우르르 모여 술을 마시다 애인이 너무 취해 술을 깨겠다고 둘이 밖으로 나간 게 사건의 발단이었다. 둘이 깔깔거리며 술을 깨보자고 두 손을 맞잡고 이상한 체조를 하다 술이 너무 취했던 애인이 중심을 잃고 넘어져버렸다.

무릎이 땅에 먼저 부딪혔지만 몸을 제 마음처럼 가누지 못해 곧이어 팔과 머리까지 땅에 떨어지고 말았다. 아파하는 애인과 함께 낄낄거리는데 갑자기 애인의 머리에서 피가 뚝

뚝 떨어지기 시작했다. 머리에서 애인의 손으로 계속 떨어지는 핏방울을 지혈하며 집 근처 응급실로 달려갔다.

애인은 이미 엄청나게 취한 상태에서 다쳤다. 그래도 4년을 만났으니 이 정도 취했으면 어떤 상태인지 너무나도 잘 알기 때문에 직접 접수를 하고 간호사에게 상황을 설명했다. 응급실 보호자 목걸이도 건네받았다. 이내 애인은 간호사의 안내에 따라 의사에게 진료를 받으러 들어갔다. 처음에 따라 들어가 다친 상황을 다시 설명했고 간단한 처치 뒤 애인은 혼자 검사를 받으러 어디론가 들어갔다.

이후 애인은 검사를 위해 여러 번 불려갔는데, 나에게 왜 이런 검사가 필요한지에 대한 설명이나 동의를 구하는 과정이 없었다. 간호사에게 이유를 물었다. 지금 애인은 몸을 잘 가누지도 못할 만큼 평소와 달리 심하게 취한 상태고, 그래서 다쳤고, 이 상태에서는 분명 술이 깨도 기억을 제대로 못할 것이 분명했기 때문이다.

간호사가 환자에게 충분히 설명을 했다고 하길래 너무 취한 상태고 내가 보았을 때 분명 기억을 못할 테니 보호자인 나에게도 후유증이나 문제 등을 계속 설명해주어야 되지 않느냐고 물었다. 그러나 돌아온 답변은 무슨 사이냐는 물음, 그리고 애인은 법적 보호자가 아니기 때문에 자기들에게는 그럴 의무가 없다는 것이었다.

물론 나도 이미 알고 있었다. 나는 피를 나눈 가족도, 결혼 등의 서류로 묶인 가족도, 심지어 먼 친척조차 아니다. 법적으로 아무런 권한도 권리도 없고, 관계를 증명할 수도 없다. 그렇기에 내가 아무리 모든 상황을 목격했고, 애인을 돌볼 수 있는 사람이고, 평소에 가장 가까운 사이일지라도 나는 아무런 권한이 없다.

의사와 간호사들 역시 정해진 병원의 룰과 매뉴얼에 따라 행동할 뿐이다. 이 상황이 좀더 심각한 상황이었다면? 애인이 아예 의식이 없는 상태였다면? 많은 병원의 수술 동의서나 보호자 규정 관행이 그렇듯 부모나 배우자가 와야만 가능한 걸까?

그렇다면 반대로 내가 다쳐 병원에 왔다면? 내 수술 동의서에 서명을 할 수 있는 그런 가족들은 아주 멀리 살고 있다. 보호자가 먼 지역에 살아 몇 시간을 걸려 병원으로 와서 서명을 할 때까지 수술을 못했다거나, 수술을 받기 위해 가정폭력을 일삼았던 가족에게 연락을 해야 했다거나 하는 사례는 적지 않다.

나는 비혼은 아니지만 결혼이라는 가부장적이고 가족주의가 전제된 제도에 굳이 들어가야 하는지 고민은 늘 하고 있다. 그런데 이 새벽의 난리를 겪으면서 결국 답은 결혼인가 하는 회의감이 들었다. 처치와 검사가 끝난 애인을 데리고 집으로 와서 눕히고 사소한 것들을 챙기고 옆에서 잠들었다.

다음 날 일어난 애인은 역시나 병원에서 한 검사와 의사와 간호사가 이야기해준 주의사항이나 후유증 등에 대해 아무것도 기억하지 못했다. 머리가 자꾸만 아프다는 애인을 옆에 두고 나는 초조하게 스마트폰으로 뇌진탕 후유증 따위를 계속 검색했다.

더불어민주당 진선미 의원은 2014년부터 '생활동반자 관계에 관한 법률안'을 시작으로 생활동반자 제도를 이야기해왔다. '생활동반자법', '파트너등록법', '동반자등록법' 등 다양한 용어로도 불리는 이 법안은 반드시 혈연 또는 결혼이라는 사회적 제도로 묶이지 않아도 서로의 생활에 의무와 권리를 갖는 '동반자'와의 법적 관계를 인정하는 내용을 담고 있다.

유럽에는 이미 많은 국가가 이 제도를 시행 중인데, 2013년에 교환학생 생활을 했던 스웨덴 역시 마찬가지였다. 스웨덴

은 여러모로 복지국가이지만 의외로 여성의 결혼율이 60퍼
센트 정도로 세계적으로도 낮은 편에 속했다. 그런데도 동네
에서나 마트에서나 가는 곳마다 한국이라면 부부로 보일 만
한 커플과 아이들이 넘쳐났다. 스웨덴 친구에게 물어보니 스
웨덴에는 '삼보Samboförhållande'라는 파트너등록법이라는 제도
가 있기 때문이라고 했다(스웨덴 친구의 말에 따르면 삼보가 결혼
과 가장 다른 점은 재산권 부분이라고 한다. 결혼은 공동의 재산으로
인정되어 헤어지는 과정에서 분배 조정이 필요하지만 삼보는 결합부
터 파기까지 각자의 재산은 각자의 것이다).

　　진선미 의원이 발의했던 법률안처럼 삼보 역시 결혼이
라는 제도와 유사하게 동반자의 권리와 혜택을 보장한다. 삼
보의 무엇보다 중요한 점은 서로가 법적 보호자로서 역할을
할 수 있다는 점이다. 이 제도를 시행했던 프랑스에서도 결혼
율 감소를 걱정했지만, 시행 이후 결혼을 바라보는 시선이 달
라지거나 결혼율이 감소하지 않았다. 스웨덴의 거리 풍경과
프랑스의 통계가 시사하는 바는 크다.

　　최근 사회·경제적 이유로 비혼을 결심하는 청년들이 적
지 않다. 나 역시 여러 이유로 결혼을 주저하고 있는데 이는
결국 내가 정상 가족의 범위에 포함되지 못할 수도 있다는 말

이 된다. 사랑하는 사람과 동거하며 오랜 시간 생활을 꾸렸을 때 과연 누가 나의 법적 보호자가 될 수 있을까? 누가 나의 법적 보호자가 되어야만 할까?

몇 십 년을 같이 산다고 해도 우리는 임대아파트에 당첨되기도 어려울 테고 주민세도 두 배로 내야 될 거다. 큰 수술에 보호자 동의도 하지 못할 테고 통신사 가족 할인도 못 받는다. 하다못해 항공권 마일리지도 서로 쓸 수 없겠다. 이런 사소한 것에도 배제가 발생한다. 그럼 결혼을 하면 되지 않느냐고 묻는 이들도 있다.

그러나 세상에는 결혼을 하고 싶어도 할 수 없는 사람들이 있다. 혹은 사랑이 전제되지 않은 그러나 깊이 유대감을 느끼고 서로의 생활에 의무를 다하며 반평생을 함께 산 사람들도 있다. 수많은 동성애자 커플이 그렇고 평생을 가족처럼 함께 산 친구 사이가 그러하다. 어쩌면 생활동반자법은 혼인과 혈연과 사랑으로만 인정받을 수 있는 기존의 결합 제도와 '정상 가족' 관념에 반기를 드는 것일 수도 있겠다.

어렸을 때 교과서에서 배웠던 대가족에서 이제는 핵가족으로 변화한 것에 대해 또 다른 변곡점을 거쳐 흘러가고 있다. 그때 배웠던 엄마·아빠(이성애 부모)와 자녀 한두 명으로 구성된 3~4인 핵가족 체제가 실은 현대사회의 정상 가족에 속했다.

그러나 세상에는 더 많은 다양한 형태의 가족이 존재한다. 1인 가구, 한부모가정, 비혼 가구, 아이를 낳지 않는 부부, 이주민 가정, 혈연이나 결혼으로 묶이지 않은 채 평생을 살아가는 사람들, 게이 커플, 레즈비언 커플 등. 시간이 흐를수록 다양한 형태의 가족 구성원이나 동반자는 점점 더 늘어날 거다.

나의 가치관과 성소수자 친구들 때문에 생활동반자법이 필요하다고 생각은 하고 있었지만 아직 이렇게까지 실감한 적은 없었다. 응급실에서 나는 처음으로 커다란 허탈감과 허무함, 두려움을 느꼈다. 내가 평생 이렇게 살아야 한다면? 이렇게 살 수밖에 없다면? 어떤 사람들은 '결혼하면 되지'라고 쉽게 말할 수도 있겠다.

그냥, 그저 결혼하고 싶지 않은 사람도, 할 수 없는 사람도, 서로 사랑이 전제되지 않은 사람도 생활을 공유하고 인생을 의지하고 가사를 분담하고 의무를 다하며 오래 함께 미래를 떠올리는 두 사람이 적어도 반드시 필요한 순간에 서로에게 든든한 법적 보호자가 될 수 있었으면 좋겠다.

홀로움에
대하여

몇 주 전 일요일 오전, 혼자 한강을 뛰었다. 가족과 연인들의 인파 속에서도 홀로 운동은 익숙하다. 후드를 쓰고 레깅스를 입고 노래가 크게 들리는 이어폰을 꽂고 집 근처 한강을 한참 뛰었다. 뛰다 보니 배가 고파져 근처 편의점에 앉아 은박지 그릇에 라면을 끓였다.

주말이고 날씨가 좋은 낮이라 사람들이 하도 붐벼 좀체 앉을 자리가 나지 않았다. 라면 끓이랴 쓰레기 버리랴 자리 찾아보랴 바쁘게 움직이다 드디어 나는 빈자리에 짐을 두고 라면을 가져오기 위해 잠깐 자리를 비웠다.

내가 라면을 가지고 온 사이, 50대나 60대 정도로 보이는 아저씨 한 분이 자전거 라이딩 복장으로 내 맞은편에 자리를 잡고 앉아 혼자 도시락을 먹고 있었다. 약간 넓게 만들어진 자리라 그리 불편할 것은 없었지만 한 번 물어보지도 않고 털썩 앉아 있는 게 약간은 신기했다. 나라면 물어나 보고 앉았을 텐데…….

어쨌든 나도 조용히 맞은편에 혼자 앉아 라면과 함께 산 캔맥주를 들이켰다. 맞은편 아저씨는 도시락과 함께 초록색 페트병에 들어 있는 것을 마시기 시작했다. 처음에는 사이다인 줄 알았더니 페트병 소주였다. 아저씨는 컵도 없이 벌컥벌컥 소주를 마셨다. 쳐다보려고 한 건 아니었는데, 그 초록색 페트병이 너무 '시강(시선 강탈)'이었다. 어색한 기류 속에서 마주 보며 나는 맥주와 라면을, 아저씨는 소주와 도시락을 조용히 각자 먹었다.

처음에는 말도 없이 자리를 잡고 앉아 먹는 아저씨가 어처구니가 없다가, 이런 낮에 혼자서 페트병 소주를 병째로 마시는 게 신기했다가, 혹시나 또 말을 거는 그런 아저씨일까봐 경계하다가, 갑자기 또 다른 생각이 들었다. '아 어쩌면, 이 상황을 잘 모르는 남들이 지나가다 보면 우리를 부녀지간으로 알지도 모르겠다.' 약간은 안 친하고 어색해 거리를 두고 앉아 함께 밥을 먹는 그런 딸과 아빠 사이.

그러다 운동 뒤 더운 기운에 급하게 들어간 맥주 탓에 약간 알딸딸해지며 문득 우리 아빠가 떠올랐다. 대구 본가에 있을 우리 아빠. 나도 아빠와 일을 쉬는 일요일에 이렇게 앉아 시간을 함께 보낼 수 있을 텐데…….

아빠도 술을 좋아해 늘 혼자 소주를 마시기도 했다. 나는 스무 살 때 대학에 간다고 본가를 떠나 서울로 올라왔고, 혼자 서울살이를 한 지 꽤 시간이 흘렀다. 처음에는 서울살이를 꾸역꾸역 해냈고 오랜 시간이 흐른 탓에 이제 본가보다 서울이 내게는 훨씬 더 익숙한 공간이 되었다. 분명 '혼자' 사는 '서울'은 좋지만 소주를 들이켜는 아저씨를 보며 아빠가 떠올랐고, 어쩌면 그 대신에 내가 많은 것을 놓치고 살 수도 있는 거겠구나 하는 생각이 들었다.

본가에서 아빠와 혹은 엄마와 함께 산다면? 우리는 정말 다른 사람들이니 잘 떠났다는 생각을 늘 해왔지만, 반대로 어떤 것을 함께 겪고 나누고 공유했을지에 대해서는 생각해본

적이 없었다. 아빠와 동네 하천을 함께 걷다가 뛰다가 운동이 끝나고 함께 맥주를 마시며 이런저런 이야기를 할 수 있었을 텐데. 엄마와 함께 집에서 조금 떨어진 분위기 좋은 찻집에 들어가 둘이서 하루 종일 이야기를 할 수 있었을 텐데.

지금까지는 이런 상상을 할 이유가 없었다. 무뚝뚝한 아빠와 엄마, 그리고 그 밑에서 태어나 자란, 똑같이 무뚝뚝한 딸이 안 그래도 서로 살갑지 않은데 몇 년을 떨어져 사니 일상의 거리는 더 멀어진 듯하다.

20대 초반에는 '서울 생활 1~2년만 하면 힘들어서 집이 그립다'는 말을 비웃었다. 서울살이 10년이 다 되어가는 지금에서는 그 시절의 내가, 그렇게 생각하며 지나온 시간이 가끔은 아쉽다. 이런 표현이 싫지만, 사람들 말처럼 정말로 나이가 들어서인지 가끔은 엄마아빠와 함께할 수 있는 일상이 그립다.

개인주의적이고 혼자 지내는 걸 좋아하지만 역설적으로 동시에 나는 공허함과 외로움을 꽤 자주 느낀다. 본질적으로 조금의 공허함과 외로움을 느끼는 지금의 내 기질이 어쩌면 어릴 때부터 오히려 너무 독립적이고 가족에서 떠난 일상을 살아왔기 때문일까 하는 고민을 하기 시작했다.

얼마 전 본 영화 〈리틀 포레스트〉에서 김태리가 연기한

혜원은 왜 서울을 떠났냐는 친구들의 물음에 진짜로 배가 고 파서 왔다고 대답했다. 배가 고파서……. 혜원의 그 한마디로 혜원이 느끼는 모든 감정과 시골로 내려오게 된 서사가 이해 되었다.

서울에 올라온 뒤 나는 늘 배가 고팠고 늘 허기졌다. 특 히 혼자서 밥을 먹을 때는 더더욱 그랬다. 편의점에서 도시락 을 사서 먹든 인스턴트 음식을 먹든 혼자 요리해 밥을 먹든 항상 배가 고팠다. 혼자서 집에서 밥을 먹으면 이상하게 늘 그 렇게나 밥을 많이 먹게 된다. 이건 지금도 그렇다.

가족과 함께 살던 공간을 떠나 혼자 살아가는 게 내 성격 이나 삶의 온도에 딱히 생채기를 내지 않을 거라고 생각했는 데 아니었나 보다. 독립적이고 개인적인 공간이 필요한 나는 또 한편으로는 그렇게나 배가 고프고 외롭고 사람의 존재를 바랐다. 양립할 수 없어 보이는 감정들이 그렇게 공존한다. 더 많은 걸 놓치기 전에 할 수 있는 걸 하자 싶어 예전에는 거의 내려가지 않던 본가를 최근에는 꽤 자주 들르게 되었다.

오랜만에 본가에 도착한 첫날 모두가 출근한 집에서 혼 자, 그 짠 엄마 두부된장찌개를 밥과 함께 정신없이 퍼먹었다.

친구들과의 술자리가 끝나고 집으로 돌아가는 길에 술에 취해서 전화로 남자 친구에게 내내 엄마의 두부된장찌개 이야기만 해댔단다.

며칠 뒤 서울에 올라와서도 혼자 두부된장찌개를 끓이고서 밥을 네 공기나 퍼먹었다. 혜원이 원래의 집에서 정성 들여 자기가 만든 음식을 남김없이 싹싹 먹던 것처럼. 고등학교 때도 사실상 집을 나와 살아 10년이 넘는 시간 속에서 따로 살았더니 그 티는 곳곳에서 난다. 엄마와 아빠를 매번 볼 때마다 몰랐던 사실을 발견하고 그래서 놀랍고 신기하다.

얼마 전에는 아빠와 처음으로 단둘이 뒷산에 올랐다. 이전까지는 아빠도 나를 딱히 데려갈 생각을, 나도 딱히 따라갈 생각이 없었지만 최근부터는 뭔가 달라졌다. 같이 산에 가자는 아빠의 무심한 제안에 나도 무심하게 알겠다고 답했다.

아빠와 1시간 정도 산을 타는 동안, 세상에서 제일 무뚝뚝한 우리 아빠가 그렇게 말이 많은 줄은 처음 알았다. 아빠와 내 술안주 입맛이 잘 맞는다는 사실도 그때 처음 알았다. 아빠는 내가 곱창과 굴을 그렇게 좋아한다는 사실을 처음 알게 되었다. 이렇게 떨어져 살고 일상을 공유하지 않은 티를 발견할 때마다 씁쓸하다.

분명 이제는 혼자 사는 서울이 더 편하고 내 공간 같지만, 그리고 본가에 내려가 그 지역 사람들과 가족들과 함께 살 생각만 해도 숨이 턱턱 막혀 싫지만, 가끔은 놓치는 일상이 아쉽고 아릿할 때가 있다. 혼자서 공허하고 외롭다. 한 친구는 이런 감정을 두고 '홀로움'이라고 표현했던 것 같다.

아직도 힘들 때 본가로, 가족의 옆으로 아예 돌아가 살고 싶어 하는 감정을 이해할 수는 없지만, 그런 홀로움의 감정은 가끔 함께 살았던 가족과의 일상에 대한 아쉬움으로 드러난다. 매일은 할 수 없지만 그래도 가끔이라도 그 시간을 최대한 일상처럼 함께 지내보는 것, 그래서 서로의 일상 사이의 간격을 줄이는 노력을 하는 중이다. 지금은 공부하다 밤에 출출해 아빠와 함께 텔레비전을 보며 끓여 먹던 라면이 그리운 시간이다.

엄마가 아는 나는
이제 없다

4년 전 겨울, 엄마가 서울에 올라왔다. 엄마도 삶에 치여 바쁘게 살다보니, 내가 혼자 서울에 산 지 햇수로 8년째가 되어서야 처음으로 오게 되었다. 다리가 아파 서울의 대학병원을 가기 위해 온 걸 제외한다면 마음 놓고 놀러온 건 처음이었다. 엄마는 서울까지 온 김에 애인을 만나보고 싶다고 했다. 떨어져 사는 엄마에게, 딸이 아플 때 옆에서 챙겨주는 애인이 말은 하지 않아도 고마웠던 모양이다.

　애인과 엄마와 나는 초밥을 먹고 근처 카페로 자리를 옮

겄다. 어색한 두 사람이 만났을 때 가장 쉽게 나오는 주제는 바로 함께 아는 사람이다. 엄마와 애인은 내 이야기를 했고 어쩌다 내 어린 시절의 이야기가 나왔다.

딸 이야기에 신난 엄마는 애인에게 딸에 대해 궁금한 게 있으면 물어보라고 했다. 지금 나를 가장 잘 아는 사람은 사실 애인이기 때문에 나는 조금 고개를 갸웃했지만, 딸 이야기를 하는 엄마가 참 행복해 보였다. 엄마는 딸의 성격을 약간은 흉 보듯 또 약간은 자랑하듯 애인에게 이야기했다. 애인에게 딸 이야기를 하는 엄마는 행복해 보였지만 나는 슬펐다.

엄마가 말하고 있는 나는 지금의 내가 아니라 아주 오래 전 어린 시절의 나였다. 고등학생 이후 성격과 가치관이 매우 크게 바뀌었지만, 엄마에게 딸은 고등학생 때쯤의 나로 머물러 있었다. 나도 잊고 있던 내 모습이었다. 엄마의 이야기를 한참 듣던 애인은 고개를 갸우뚱했다. 그도 그럴 것이 엄마가 말하는 딸은 애인이 보는 지금의 내가 아니었으니까.

서울에 올라와서 입맛도 많이 변했다. 정확히 말하면 서울에 올라와서가 아니라 성인이 되어서가 맞다. 술을 마시기 시작하면서 어릴 때는 도저히 입에 못 대던 훌륭한 술안주들을 찾아 먹기 시작했다. 닭발, 순대, 야채곱창, 양꼬치, 돼지껍데기 등 어릴 때 엄마를 닮아 가리는 게 많았던 나는 이런 음식들을 전혀 먹지 않았다. 물론 여전히 가장 맛있는 밥은 엄마가 방금 끓여준 두부된장찌개지만, 세상에는 엄마의 두부된장찌개만큼이나 맛있는 음식도 많다.

하지만 엄마와 아빠의 기억 속 나는 여전히 가리는 게 많은 딸이다. 대화 도중 닭발을 좋아한다고 침 흘리며 말하면 엄마는 깜짝깜짝 놀란다.

"네가 그거를 먹는다고?"

엄마는 낯선 눈으로 나를 보며 말했다. 엄마는 가끔 내가 싫어하거나 못 먹는 음식을 헷갈리기도 한다. 매일 함께 밥을 먹지 않으니 쉽게 잊어버릴 수밖에 없다. 내가 좋아하는 줄 알고 해준 음식을 먹지 못하는 경우도 있다. 이럴 때는 코가 시큰하고 왠지 모르게 가슴이 아리다.

"이거는 왜 안 먹노? 원래 안 뭇나?"

"응. 엄마, 나 원래 안 먹어."

얼마 전 내 부주의로 남동생이 상처받고 화가 난 일이 있었다. 아홉 살이나 나이 차이가 나는데다 남동생이 열한 살이 된 이후로 계속 떨어져 살았기 때문에 어쩌면 부모님보다도 서로를 잘 모르는 사이가 된 듯 느껴질 때가 있다.

그러다 얼마 전 남동생이 화를 냈을 때, 나는 처음으로 높다란 벽을 느꼈다. 남동생이 화가 났을 때 상대에게 어떤 반응을 보이는 사람인지, 어떤 태도로 상대를 대하는지에 대해 아무런 정보가 없었기 때문이다.

자주 보는 사람들과는 문제가 생겼을 때 이미 알고 있는 경험에 기반해 그들의 반응을 예측하고 그에 맞게 적절히 행동할 수 있지만, 남동생에게는 그럴 수 없었다. 남동생도 한참 성장하고 단단해질 때지만 나와 함께 살지 않으니 아마도 내가 부모님께 느끼는 이질감을 나에게 느낄 것 같다.

가족과 떨어져 살기 시작한 게 스무 살 때부터다. 정신없이 수능과 입시만 바라보고 달려가던 고등학생 때와 달리 그 이후부터는 다들 그렇듯 엄청난 곡선 그래프를 그려왔다. 스무 살 때는 이런 사람이었다가 스물한 살 때는 저런 사람이 되기도 했다. 이런 공부를 했다가 저런 공부를 하기도 했다. 지금은 스물다섯 살 때와도 아주 다르다. 그 시간 동안 나는 단단해졌지만 그만큼 변하기도 많이 변했다.

하지만 1년에 서너 번 보는 가족과는 전화를 자주 한다고 해도, 내가 어떤 사람인지 어떤 가치관과 신념을 갖고 세상을 살아가는지를 공유하기는 쉽지 않다. 그런 건 각 잡고 하는 이야기보다 일상에서 드러나는 경우도 많으니까. 하다못해 드라마를 함께 보며 인생과 일상의 중요한 것들을, 그리고 지금의 나를 이야기할 수도 있으니까.

내가 가족을 사랑하는 것과 별개로, 나는 가족주의에 비판적이고 아직까지도 가족이라는 제도 자체에는 회의적인 편이다. 그래서 그런지 가족에 대한 무조건적인 사랑과 절절한 감정을 강요하는 드라마는 봐도 봐도 불편하다. 나는 가족보다는 혼자 사는 게 훨씬 편한 사람이다. 이제는 대구가 '내 집'이라는 생각이 들지 않는다. 나에게 '내 집'은 서울에 있는 혼자 사는 집이다. 대구에 며칠 있다 보면 내 집으로 돌아가고 싶어질 때가 많다.

사실 가족들은 내 주변 사람들 중 나와 가장 맞지 않는 편에 속한다. 성격뿐만 아니라 일상에서 지향하는 가치관이나 언행 등 모든 부분에서 크게 다르다. 물론 가족끼리 정치 이야기 하지 말라는 이야기는 모두 공감할 것이다.

하지만 때로는 나에게 다름의 문제가 아닌 옳고 그름의 문제인 것들에서 부닥치는 일도 많다. 아직도 나는 경상도 특유의 엄격한 가부장제에 익숙하지 않다. 무뚝뚝함에는 자주 답답해하고 버럭버럭 높은 언성에는 여전히 항상 놀란다.

30년 가까이 워킹맘인 엄마가 오롯이 집안일을 감당해 온 것도, 친척들이 모인 날 여자들만 음식을 준비하고 나르고 정리해야 하는 것도 적응되지 않는다. 어른이 왔을 때 일어나 고개 숙여 인사하지 않았다고, 나이가 어린 사람이 수저를 정돈하고 물컵에 물을 따르지 않았다고 장난스레 뒤통수를 맞는 것도 이해하기 어렵다.

선택할 수 있는 삶의 방식에 대한 견해도 크게 다르다. 가족에게 여자인 딸이 하는 동거는 말도 안 되는 일이다. 내가 원하는 삶의 방식을 취하기 위해 지금도 부모님을 설득해야만 한다. 딸이 잘사는 집안의 남자를 만나 결혼을 하는 게 행복이 될 수 있다고 생각하고 있다. 그러길 바라고.

또, 결혼을 하면 오로지 두 사람만의 일이므로 상대방의 부모님에게 서로 져야 할 책임과 의무는 없다고 생각하는 나에게 비혼에 대한 고려는 어쩌면 한국에서는 당연하다. 이처럼 가족이라면 응당 해야 할 의무에도 이해할 수 없는 것이 많다.

가족과 떨어져 산 시간이 함께한 시간보다 짧지만 그 시간 동안 나는 가족과 아예 다른 곳에서, 또 아예 다른 방향으로 계속 걸어가고 있기 때문이다. 그래서 이해할 수 없거나 쉽게 용인할 수 없는 것이 점점 더 많아지고 있다. 며칠 함께 일상을 공유하다 보면, 정말 우리는 맞지 않는 사람들임을 다시 확인한다.

그럼에도 어쨌거나 한때 나를 제일 잘 알았던 사람들이, 나를 가장 사랑해주는 사람들이 이제는 나와 맞지 않는, 나를 잘 모르는 사람들이 된 건 슬픈 일이다.

아주 예전, 가족 관련 인터뷰 영상을 제작할 때 인터뷰이가 해주었던 이야기가 있다. 나처럼 가족과 떨어져 사는 친구가 고향에 내려갔다가 아버지에게서 문득 "앞으로 죽기 전까지 이렇게 너를 몇 번이나 더 볼 수 있을까"라는 말을 들었다고 했다. 가족과 맞지 않는다는 이유로, 그래서 며칠만 있어도 힘들다는 이유로 잘 가지 않던 대구를, 일을 시작하고부터는 더 가지 못하게 되었다. 나는 앞으로 가족을 몇 번이나 더 볼 수 있을까?

할머니, 엄마, 딸의
몫이었다

"그 지역 근처에 투룸 좀 알아봐라."

회의 시간, 스마트폰에 카톡 알림이 떴다. 엄마였다. 싫다고, 같이 살 자신이 없다며 짧게도 보내 보고 나름의 이유를 주렁주렁 달아 길게도 썼다가, 그냥 지웠다. 한숨을 푹푹 쉬며 스마트폰을 내려놓았다.

남동생은 엄마·아빠와 함께 대구에 산다. 나는 고등학생 때 집을 떠나 지금까지 혼자 살고 있다. 이렇게 영원히 떨어져 살 줄 알았는데, 얼마 전 남동생이 서울로 대학을 가겠다고

선포했다. 그런데 하필 학교가 영등포구에 있단다. 나는 몇 주
전에 혜화동에서 선유도로 이사 왔다.

　말도 안 되게 비싼 서울의 집값 때문에 엄마는 잘되었다
싶었나 보다. 남동생도 처음에는 친구들과 함께 살겠다고 고
집을 피우다가, 앞으로 들 등록금이며 생활비며 월세며 계산
을 해보더니 미안했는지 엄마에게 누나와 함께 살겠다고 결
론을 내렸단다.

　엄마가 보낸 카톡 메시지를 한참 동안 바라보며 어떻게
말해야 서로 서운하지 않게 엄마를 이해시킬 수 있을지 고민
했다. 성공해 보겠다고 서울에 올라왔을 때부터 지금까지 뒷
바라지를 해준 엄마에게 어떻게 하면 이기적이지 않은 딸로
보일까 걱정했다. 아니, 내가 정말 이기적인 건가? 아니, 이기
적이면 안 되는 건가?

　남동생은 만 20년을 집에서 손 하나 까딱하지 않았다. 제
속옷 하나 직접 손으로 빨아본 적 없다. 아마 화장실 청소를
정기적으로 해주어야 한다는 사실도 모를 거다. 그나마 자기
방을 어지럽히지 않는 게 엄마를 도와주는 일이다.

　엄마는 남동생에게 집안일을 시키지 않았다. 물론 나도

엄마를 돕는 수준이었다. 그러던 내가 혼자 살기 시작했고 꽤 긴 시간 동안 이전과는 아예 다른 패턴의 삶을 살게 되었다.

쓰던 물건을 제자리에 두지 않으면 좁은 집이 이내 난장 판이 된다는 사실도, 화장실 청소를 일주일마다 하지 않으면 붉은 물때가 낀다는 사실도, 싱크대 하수구에 낀 음식물 쓰레 기를 제때 버리지 않으면 집 전체에 악취가 난다는 사실도, 쓰레기 배출 요일이 언제인지 플라스틱은 투명한 봉지에 담아 버려야 한다는 사실도 혼자 살며 배워 나갔다.

정리정돈과 깨끗함에 유난히 강박이 있는 성격도 한몫 했다. 그러다 본가에 내려가면, 나는 누나이기 때문에 남동생 의 아침과 점심을 챙겨야 했고 남동생은 당연히 자기가 먹은 그릇을 씻지 않았다.

그런 남동생과 함께 살 자신이 없다. 친구를 데려오든지 말든지, 갓 스무 살이 되어 술을 마시고 뻗든지 말든지, 애인 을 집에 데리고 오든지 그 어떤 것도 상관이 없다. 하지만 하 루 종일 일하고 돌아간 집이 어질러져 있거나 공용 공간을 제 대로 청소하지 않거나 내가 밥을 챙겨주길 바랄 때, 동등한 동 거인의 관계는 깨지고 그야말로 남동생 뒤치다꺼리를 해야 한다.

사람이 늘면 그만큼 집안일도 늘어난다. 집안일 분담은 커녕 이내 어지럽히지 않는 것에 고마워해야 한다. 엄마는 갓 서울에 올라간 남동생을 잘 보살펴주기를 바라서라고 했지만, 실은 그 보살핌 안에는 서울과 학교에 적응하는 것 외에도 남동생 끼니도 챙겨주고 집을 사람 사는 집처럼 관리하는 것 역시 포함되어 있다.

어쨌거나 이만한 나이 차이에다 부모님은 성 역할 고정관념까지 굳건하니, 결국 내가 대부분의 집안일을 부담하고 남동생은 고생하는 누나를 위해 옆에서 열심히 돕는 포지션 정도가 될 테다.

사실 자취 경험이 없으면 성별 상관없이 집안일이 낯설다. 엄마가 다 해주니까. 그러나 유난히 남자들에게는 더욱 낯설어 보였다. 밥솥에 쌀을 안치기 전에 쌀을 씻어야 하는지 모르던 동기, 라면조차 자기 손으로 끓여본 적이 없다던 선배, 브로콜리가 실은 거의 얼굴만큼 커다란 채소인지 모르던 친구, 진짜 부엌에 들어가본 적이 없다는 친구 등등.

단체로 MT를 가면 주로 여자들이 요리하고 밥상을 차리던 그 풍경이 크게 이상할 것이 없었다. 물론 남자 중에서도 요리가 취미이고 자주 하는 사람도 있었지만 소수였고 동시에 그것은 그의 특기였다.

반면 여자의 요리 능력은 기본적인 자질이었고 못하면 장난스레 욕을 먹거나 부끄러움을 느껴야 했다. 가끔 받는 칭찬은 '시집가도 되겠다' 따위로 귀결되었다. 남자가 요리를 잘해도 '장가가도 되겠다'는 소리를 듣지는 않는다.

가부장제 아래에서 할머니 세대와 어머니 세대는 그야말로 중노동을 도맡아 했다. 심지어 엄마 세대 이후는 맞벌이도 하면서 집안일까지 모두 부담해야 했다. 똑같이 돈을 벌어도 남편은 도와줄 뿐이다. 엄마 역시 아빠보다 돈을 더 벌어도 대부분의 집안일을 한다. 아빠는 명절 때 일하고 이따금씩 청소를 하고 좋은 남편이라 생색낸다. 엄마와 아빠는 나에게 '여자는 이래야만 해!'라고 자주 말하는 편은 아니었지만, 은연중에 여자로서 해야 할 역할을 바라기도 했다.

그것을 보고 자라며 배운 것은 두 가지였다. 하나는 집안일이 여성의 몫이라는 것, 또 하나는 어머니라는 존재의 몫이라는 것. 다른 여자인 친구들의 이야기를 들어봐도 정도의 차이만 있을 뿐 크게 다르지 않았다. 비록 자신이 어머니만큼 집안일을 부담하지는 않더라도, 딸로서 여자로서 가사 노동 능력을 강요받았다.

그 강요는 오빠나 남동생 같은 남자 형제와 비교했을 때 더욱 선명하게 드러난다. 명절날 일손이 필요할 때도 대부분 딸인 친구들이 불려나가고 평소에도 오빠와 남동생을 위해 밥상을 차려주어야 했다. 이러다 보니 자취 경험이 없더라도 꽤 많은 여자 친구는 기본적인 집안일을 할 줄 안다.

어머니의 그늘에서 벗어나면 문제는 더욱 심각해진다. 어머니가 독박 쓰던 집안일은 이제 결혼한 딸에게 넘어간다. OECD 국가 기준 한국 남성의 집안일 분담률은 최하위권에 머문다. 맞벌이 한국 여성의 집안일 시간은 한국 남성의 노동 시간보다 약 4배 이상 높다.

아이가 없는 맞벌이 부부는 그나마 덜하지만, 아이가 생기는 순간 독박 가사 노동에다 출산휴가와 육아휴가를 마음껏 쓸 수 없는 독박 육아 역시 마주해야 한다. 공공기관에서는 남성의 육아휴직 제도가 있지만 대상자의 5퍼센트도 사용하지 않는다.

현실이 이렇다 보니 여성은 아이를 포기하거나 경력을 포기해야 한다. 오죽하면 2017년 대통령 선거에서 후보들이 남성 육아휴직 인센티브니 슈퍼우먼 방지법이니 여성과 육아와 관련된 공약들을 내세웠을까? 사적인 공간으로 여겨지는 집안은 사회의 축소판이다. 집안에서 벌어지는 성 역할의 문제는 결국 돌고 돌아 사회 전체에도 영향을 끼친다. 그 사회 전체는 또다시 집안에 영향을 끼친다.

아마도 엄마와 아빠는 이런 이야기를 들으면 '그럼 이제라도 남동생이 집안일을 잘할 수 있도록 잘 가르쳐 봐라'고 할 테다. 그러나 같이 살지 않으면 나는 누구를 굳이 가르칠 일이 없다. 스트레스 받을 필요도 없다. 지금까지 그래 왔던 것처럼 잘 살 텐데⋯⋯. 이미 우리는 경험을 통해 알지 않는가. 집안일은 시킨다고 가르친다고 되는 게 아니다. 그리고 남동생은 내가 그랬던 것처럼 혼자서 잘 배워나갈 거다. 집안일을 해줄 엄마와 내가 없으니까.

어쩌면 혼자 살아도 집안일을 잘하지 않을 수도 있다. 그럼 어때, 혼자 사는데⋯⋯. 대신 우리는 가끔 만나 맛있는 밥이나 사먹을 테다. 나의 공간을 누군가에게 침해받고 싶지 않다. 침해받는 공간을 회복하기 위해 시간을 쓰고 싶지도 않다. 대신 그 시간을 내게 쓰고 싶다. 설령 그게 가족이라 할지라도.

나도
나이가 든다면

강원도 여행에서 돌아오는 길이었다. 조수석에 앉아 음악을 듣고 있는데 엄마가 전화를 걸어왔다. 외할아버지 장례식장에 와준 직장 동료들에게 고마워 떡을 돌리고 싶은데, 그 떡에 붙일 라벨을 만들고 싶다는 이야기였다. 라벨을 인쇄할 종이도 이미 집 근처 문방구에서 샀단다.

엄마의 마음도, 라벨용 인쇄용지도 준비되었지만 어떻게 만드는지 도통 기억이 나지 않는다고 했다. 사무직에 종사하지 않는 엄마는 예전에 배운 컴퓨터 사용법을 이미 잊어버렸다. 그도 그럴 것이 지금은 스마트폰 하나로 모든 게 가능한 시대다.

"엄마, 일단 한글을 켜봐라."

"야, 한글이 안 깔려 있는데 우야노."

위기다. 급히 아이폰으로 MS 워드에서 라벨지를 제작하는 방법을 찾아보고 엄마에게 일러주었다. 전화기에 귀를 대고 내가 말해주는 대로 따라 한 엄마는 약간의 시간이 걸린 뒤 이내 해냈지만 프린터가 문제였다. 무엇이 문제인지 들어보고서 또 급히 아이폰으로 이것저것 검색해 이런 방법 저런 방법을 알려주었다.

우여곡절 끝에 엄마는 라벨지를 인쇄했고 정성스레 떡에 붙여 이튿날 동료들에게 전달할 수 있었다. 이 모든 문제를 해결하고 무사히 인쇄를 마치기까지 나는 강원도에서 서울 집에 도착하는 내내 엄마와 통화를 해야만 했다.

내 어릴 적 기억 속의 첫 휴대전화는 초등학교 저학년 시절 엄마와 아빠 목에 걸려 있었다. 32화음이나 64화음 벨소리를 뽐내던, 그 시절에도 흔치 않던 휴대전화였다. 당시 부모님은 꽤 앞서나간 트렌드 세터였지만, 기술 발전의 속도는 그보다 한참 빠르고 급격했다. 그 속도는 아예 어린 시절부터 컴퓨터를 갖고 놀던 세대의 속도와도 달랐다. 비교적 어린 나이부터 스마트폰을 쓰면서 스마트폰과 함께 성장한 우리 세대와 점점 격차가 벌어지기 시작했다.

첫 휴대전화가 스마트폰이었던, 나이 차이가 많이 나는 내 남동생과는 말할 것도 없다. 기술의 폭발적 성장을 따라가기 어려운 부모님은 어느 순간부터 컴퓨터와 휴대전화 사용에서 문제를 겪기 시작했다. 그럴 때마다 부모님은 우리를 찾기 시작했는데, 남동생이 본가에서 나가 살기 시작하면서 부쩍 나에게 걸려오는 전화가 많아졌다. 하지만 당장 옆에 붙어서 설명해주어도 부족할 판에 전화로 설명을 하게 되니 서로 성질만 날카로워졌다.

특히나 오랫동안 아이폰만 써온 나는 안드로이드폰을 쓰는 부모님의 불편함을 그때그때 바로 해결할 수가 없다. 물론 우리는 잘 모르면 바로 인터넷을 켜고 당장 검색해서 문제를 해결하지만, 그런 검색도 어렵고 검색을 해도 쉽게 이해하기 힘든 부모님은 딸과 아들이 곁을 떠나니 당장 물어볼 데가 없어진 셈이다. 가끔 어떤 문제는 전화로 해결해줄 수 없어 내가 집에 내려갈 때까지 서로 인내하며 기다릴 수밖에 없다.

　　오랜만에 본가에 내려갔다. 거실에 함께 모여 텔레비전을 보는데 아빠가 대뜸 불만을 나타냈다.

　　"야, 요새는 와 그래 못 알아먹을 말을 많이 쓰노?"

　　아빠는 유행어인 신조어는 그렇다 치지만 영어와 한국어를 섞어 이상한 말들을 조합하는 걸 도통 이해하기 어렵다고 말했다. 하루는 텔레비전에서 '겟겟'이라는 단어가 나오더란다. 'get get'이라고 쓰면 알지만 '겟겟'이라고 한글로 쓰니 대체 그게 무슨 말인지 알 수가 없었다고.

　　인터넷에서는 많은 단어가 쉽게 변형되고 조합된다. '줍줍' 같은 단어와 비슷하게 사용된 것 같다고 쉽게 유추할 수 있지만 아빠에게는 그 유추마저 어려웠다. 텔레비전이 주요 시청자로 잡고 있는 평균 나이대는 10~20대가 아니라 40~50대지만, 텔레비전 프로그램은 인터넷에서 짧은 클립으로 방송을 소비하는 젊은층들에게 더 적합한 언어로 제작되고 있다. 아빠는 자막을 보며 알아들을 수 있는 말들이 더욱 줄어가고 있다. 물론 자연스러운 언어의 사회성이기도 하겠지만 어쩐지 서글프다.

　　얼마 전 유명 유튜버 박막례 할머니의 무인주문기 이용 영상이 화제였다. 박막례 할머니처럼 비교적 키가 작은 노인에게 무인주문기는 꽤 높았다. '주문을 하시려면 터치하세요'라는 말도 곱씹어볼수록 어색하고 어렵다. 무인주문기에 뜬 글자는 노인들이 읽기에 지나치게 작았다. 터치라는 말을 모른다면, 조그마한 글자를 읽을 수 없다면 박막례 할머니처럼 도중에 주문을 포기하게 될지도 모른다.

부모님 세대도 어려움을 겪는 상황에 할머니나 할아버지 세대는 말할 것도 없다. 사람을 대체하고 있는 무인주문기는 사람과 접촉하는 데 어려움을 겪는 젊은 세대에게는 유용하기도 하지만, 어떤 사람들에게는 주문을 포기하게 만들기도 한다. 박막례 할머니는 다행히도(?) 당장 도와줄 손녀가 곁에 있지만, 혼자 사는 우리 외할머니는?

무인발권기를 사용할 수 없어 버스나 기차표 예매를 하지 못해 고향에 내려갈 수 없었다던 노인분들의 이야기가 그저 말로만 떠도는 소문이 아닐 수도 있겠다. 디지털 발전 속도에 견줘 컴퓨터와 스마트폰 등 디지털 기기를 접해본 적이 없는 세대를 위한 교육은 그간 더뎠나 보다.

쓸쓸하게 웃고 넘길 일만은 아니다. 회사 동료들과 이런 이야기를 하면서 요즘은 초등학생 때부터 코딩을 배운다더라, 이제 중·고등학교 때 정규 수업으로 코딩을 배운다더라, 그네들은 코딩으로 문제를 해결하고 로직을 세우는 데 익숙하겠다, 온갖 염려를 나눈다. 개발자가 아니라면 코딩의 'ㅋ' 자도 배워본 적 없는 우리는 어떻게 되는 거지? 기술의 발전 속도는 우리보다 분명 빠를 테고 우리도 분명 나이가 들 텐데……

이렇게 혼자 나이가 들어가면? 지금 우리 부모님에게 멀리나마 있는 나와 내 남동생처럼 바로 도와줄 사람이 없다면? 나의 미래는 어떻게 되는 걸까? 앞으로 나의, 우리의 문제가 될 수 있는 디지털 소외 문제일 텐데. 앞으로 기술은 더욱 발전할 테고 이미 무인화되어가는 상황에 현장 지원을 위해 사람을 더 투입하기란 쉽지도 않을 테니, 익숙하지 않은 세대들을 위한 더 적극적인 교육도 필요하겠다.

한편 무인주문기 등 여러 디지털 기술은 노인뿐 아니라 다양한 사람에게 이슈가 된다. 이를테면 프랜차이즈 무인주문기는 시각장애인이나 휠체어를 탄 장애인들에게도 이용할 때 장벽이 된다. 음성 지원 서비스나 점자가 없는 디지털 기기를 시각장애인은 이용할 수 없고, 휠체어에 앉은 장애인에게 지나치게 높은 무인주문기는 사용을 시도해볼 수조차 없게 만든다. 결국은 노인에게 좀더 친화적인, 또 어쩌면 장애인에게도 친화적인 이른바 '배리어 프리barrier free'나 '유니버설 디자인universal design'에 입각한 디지털 기술 발전이 필요하다.

본가에서 서울로 올라가기 위해 들른 기차역 화장실에서 나오니 나를 기다리던 엄마가 역 한편을 물끄러미 바라보고 있었다. 엄마의 시선이 머무른 곳에는 한 노부부가 무인 물품 보관함 앞에서 한참을 서성이고 있었다. 부부는 한가득 짐을 들고 있었다. 지문을 찍고 칸을 누르고 카드를 넣어 결제해야 하는 시스템 앞에서 무언가 어려움을 겪고 있었지만, 기차 시간이 촉박한 젊은 사람들은 발길을 재촉하며 지나칠 수밖에 없었나 보다.

남의 이야기 같지 않았던 엄마는 나를 그쪽으로 밀었다. 사회에서 숱하게 겪어온 어른들 탓에 솔직히 처음 보는 어른에게 말을 붙이는 게 선뜻 내키진 않았지만, 그래도 이게 맞겠거니 하고 노부부를 도왔다. 이것이 우리 엄마와 아빠의 이야기이기도 하고, 아마도 나의 이야기가 될 거 같기도 했으니까.

3 장

더도 말고
덜도 말고
일인분

취미는
요가

나는 취미가 없다. 자기소개서나 이력서에 있는 취미란에는 늘 무엇을 적을지 어렵다. 음악 감상, 영화 보기, 책 읽기 따위는 너무 진부하고 누구나 하는 거니 취미도 아닌 거 같고. 왜 나는 좋아하는 게 없을까? 그게 늘 내가 갖고 있던 고민이었다. 남들은 덕질도 하고 어느 거 하나에 푹 빠져 있기도 하던데, 하다못해 푹 빠져 있는 아이돌도 없고 스포츠팀도 없다.

　퇴근 후 저녁이나 주말에 시간을 보낼 수 있는 취미를 찾기 위해 고민하던 중, 이왕 취미를 찾을 거면 건강에도 좋은 운동을 해보자고 마음먹었다. 조금 부끄럽지만, 사실 몇 개월 전에도 새로운 마음과 새로운 몸으로 시작해보자며 15분 거리의 헬스장을 끊었다. 제대로 하지 못하더라도 헬스장까지 가는 것부터 운동이 되지 않겠냐며……. 그러나 역시나 15분 거리조차 귀찮았던 나는 헬스장을 딱 한 번 갔다. 일수로 31일 중 하루라니!

이 정도 되니 나 자신이 심각해 보였다. 다음 달에는 헬스장을 끊지 않겠다며, 더는 나를 과신하지 않겠다며, 어차피 헬스장에서 맨손운동 할 거면 돈도 절약하며 셀프 홈트레이닝을 하겠다고 마음먹었지만 예상대로 단 한 번도 해본 적이 없다. '나만 그런 건 아닐 거야.' 사실 혼자 살든 둘이 살든 운동은 의지의 문제지만, 그 의지가 오래전 집을 나간 게 문제였다.

안 그래도 매일매일 하루 종일 앉아서 일하는데, 이러다간 진짜 건강도 잃고 취미를 가져보겠다는 결심도 잃어버릴 거 같았다. 생각해보면 배우면서 하는 운동은 그래도 꾸준히 잘했던 것 같아, 배우면서 할 수 있는 운동을 찾기 시작했다. 살을 빼는 운동보다 몸을 탄탄하게 하는, 배우면서 역량을 늘려갈 수 있는 그런 운동. 그러다 마침 집 근처에 있던 한 요가원을 발견했다.

첫 요가 수업 날, 긴장된 마음으로 요가원의 문을 열었다. 동네 헬스장 요가나 주민센터의 요가 수업만 들었던 나는 요가실에 앉아 있는 사람들을 보고 기가 죽었다. 그 사람들은 뭔가 전문적으로(!) 보이는 요가 매트 위에서 뭔가 굉장히 요가를 잘할 것처럼(!) 보이는 요가복을 입고 몸을 풀고 있었다. 나는 그날 집에 있던 늘어난 티셔츠를 입고 캠핑용 텐트 매트를 들고 갔는데…… 나중에 알게 되긴 했지만 거기에는 다 이유가 있었다.

나는 요가를 그저 유연성 운동 또는 마음을 다스리는 명상쯤으로 알고 있었다. 그렇다. 요가를 너무 쉽게 본 것이다. 첫날 내가 배운 요가는 오히려 코어 운동이나 근력 운동에 더 가까웠다. 유연성조차도 몸 안의 근력을 이용해 균형을 잡는 그런 운동이었다.

'우타나사나→아르다 우타나사나→하이 플랭크→차투랑가→업독→다운독'처럼 클래스마다 반복되는 특정 동작들이 있었고, 맨손 근력 운동처럼 한 세트를 여러 번 반복하는 세트 운동이었다. 몸통의 근력부터 팔다리 근력은 물론이고 옆구리 근육과 엉덩이 근육까지 모두 이용하는 운동이었다.

　수업이 끝나고 나니 왜 사람들이 좋은 요가 매트를 사용하고 요가복을 사 입는지 알 것 같았다. 동작 특성상 일반 티셔츠는 매우 불편했고 내내 바닥을 짚고 버티고 서고 균형을 잡아야 하니 일반 얇은 매트는 불편했다. 첫 요가 수업이 끝나자, 평소에 땀이 별로 없던 내가 얼굴과 온몸에 땀을 줄줄 흘리고 있었다. 그날 집에 돌아가자마자 요가복을 주문했다.

　한 달 정도 거의 매일같이 참석한 요가 수업 덕분에 정말로 몸이 달라지고 있었다. 기분 탓이 아니다. 물론 한 달이라는 짧은 시간 동안 아주 극적으로 몸의 형태가 변하고 그런 건 아니지만……. 가장 두드러지게 변한 점은 몸의 많은 부분이 더는 아프지 않게 되었다는 거다.

　몇 개월 전 정형외과에서 전신 엑스레이를 찍었더니 전신의 뼈가 노답이었다. 평소 너무너무 아프던 목은 이미 일자목에 가까워지고 있었고, 현대인답게 어깨의 높낮이도 달랐다. 골반의 높낮이와 앞뒤 위치도 달랐고 허리에도 문제가 있었다. 막 못 견딜 만큼 자주 아프지는 않더라도 이런 부분들이 가끔 삐거덕거리며 나를 고통스럽게 했지만, 요가를 하고부터는 많이 나아졌다.

　평소 왼쪽 골반이 좋지 않다 보니 매일 아침 일어나 출근

길에 처음 걸을 때 늘 왼쪽 골반이 결리면서 아팠다. 시린 것 보다 아팠다. 스트레칭을 대강 해주어도 마찬가지였다. 아픈 걸 조금 참으며 몇 발짝 내딛다 보면 자연스레 뚝! 하는 소리 와 함께 결린 것이 풀어지기도 했다.

그런데 요가를 시작하고 나서는 아침에 골반이 아픈 일 을 단 한 번도 겪지 않았다! 골반처럼 평소에 좋지 않았던 목 역시 뒤쪽이 항상 아파 헤어숍에서 머리를 감을 때 목을 뒤로 잘 넘기지도 못할 정도였다. 그러나 그 고통이 거의 사라지기 시작해 마음껏 고개를 뒤로 젖힐 수도 있었다.

몸의 교정 외에 근력에도 변화가 생기기 시작했다. 요가 원에서 많이 하는 동작 중 하나인 차투랑가는 하이 플랭크 자 세에서 몸을 일직선으로 유지한 채 두 팔을 몸과 수평으로 굽 혀 바닥에 내려오는 자세다. 처음에는 하이 플랭크 자세부터 힘들다 보니 도저히 두 손과 몸의 근육으로 바닥에 내려올 수 가 없었다. 초보자는 바닥에 닿기 전, 먼저 무릎을 바닥에 내 려 다리와 배에 무게를 실어 서서히 몸을 내린다.

한 달 정도 매일 같이 그 동작을 했더니 팔과 몸에 근육이 조금 붙은 건지, 다리를 먼저 내리지 않아도 팔을 포함한 온몸 에 힘을 분산해 몸을 일직선으로 유지한 채 바닥으로 내려갈 수 있게 되었다. 또, 곧게 선 다음 허리를 숙여 완전히 배와 허벅지가 닿도록 몸을 붙여내는 우타나사나라는 자세도 많이 발전했다. 나름 유연하다고 생각했지만 처음 우타나사나 자세에서 배와 가슴과 허벅지가 완벽히 밀착되는 건 불가능했고 엉덩이를 천장으로 끌어올리는 건 더더욱 불가능했다.

이 자세에서 초보자는 우선 배와 허벅지가 닿기 위해 무릎을 굽혀야 한다. 처음에는 무릎을 엄청나게 굽히고도 끙끙거렸지만, 지금은 거의 무릎을 펼 수 있고 엉덩이를 최대한 하늘 위로 끌어올리는 게 가능하다. 처음 우타나사나 자세는 허리를 숙일 때 두 발 옆에 양손을 두고 시작하지만, 지금은 발뒤꿈치까지 잡고 배를 허벅지에 이마를 정강이에 닿게 할 수 있다.

무엇보다 요가를 하며 가장 좋아진 점은 불면증이 사라졌다는 사실이다. 언젠가부터 일찍 누워도 잠을 이루지 못한 채 새벽 내내 뒤척이다 고통스런 아침을 맞이하기도 했다. 커피도 끊고 따뜻한 물을 마셔봐도 불면증은 쉽게 나아지지 않았다. 불면증이 계속 반복되자 다음 날이 늘 피곤했고 아침에 도저히 일어날 수 없는 상황도 왔다.

그러다 하루에 1시간씩 땀을 뻘뻘 흘리고 온몸과 근육을 움직이며 운동을 하다 보니, 밤에 씻고 베개에 머리를 대자마자 잠들기 시작했다! 제시간 취침과 피곤함이 만나니 푹 자게 되어, 하루가 상쾌하기까지 했다.

요즘 운동을 고민하는 사람들을 만날 때마다 요가를 강력 추천한다. 나같이 정말로 도통 취미가 없고 운동은 더더욱 못하는 사람에게 요가는 딱이다. 선생님께 배우기 때문에 따라 하는 재미로라도 1시간이 금방 간다. 한 동작 한 동작 배워가고 익히는 재미가 있다. 여러 사람이 함께하니 지겹지도 않고 침묵 속에서 현대인들의 일종의 연대마저 느껴진다. '이거라도 해야 우리는 건강할 거야.'

사실 하타처럼 쉽고 몸을 릴랙스시키는 요가도 있지만, 빈야사나 아쉬탕가처럼 굉장히 어려운 고난도 자세를 포함한 요가도 있다. 살람바 시르사사나 같은, 다시 말해 머리를 바닥에 대고 몸을 일직선으로 물구나무 서는 자세나 몇 년 전 가수 이효리가 인스타그램에 올려 굉장히 핫했던 전갈 자세 등은 초보자가 쉽게 할 수 없는 자세다. 아무리 하려고 해도 절대 불가능하다.

그런데 요가를 오래 하신 분들은 그런 자세를 미숙하게

나마 한다. 그런 자세야말로 온몸의 코어 근력이 발달해 근육으로 몸을 지탱해 세우는 요가 자세다. 그런 숙련자들을 보면 부러운 마음이 한가득이다. '시원하겠다, 나도 언젠가는 할 수 있겠지.'

　게임 스테이지를 하나하나 깨듯이 오랜 시간 꾸준히 다녀 그런 자세를 가능하게 만들고야 말겠다는 생각이 꾸준한 요가의 동기가 된다. 조만간 고난도 자세 중 하나는 꼭 성공할 생각이다. 지금 운동을 고민하고 있다면 요가를 추천한다.

막장도 혐오도 없는
친구를 만났다

회식 자리였다. 예전에 좋아했던 드라마 이야기를 하다 자연스레 지금 텔레비전에서 방영되는 각종 프로그램으로 이야기가 흘러갔다. 그러나 나는 낄 수가 없었다.

"저는 텔레비전을 안 봐서요."

옆에 앉아 있던 팀장이 매우 중요한 포인트라고 이야기했다. 젊은 세대 중 얼마나 많은 사람이 텔레비전을 보고 있을까? 본방 사수는 물론이고 방영되는 프로그램들을 보기는 하는 걸까? 나는 집에 텔레비전 없이 산 지도 10년이 다 되어가는 것 같다.

본방 사수가 나의 라이프스타일에서는 거의 불가능하기도 하다. 주로 나는 영상이라는 콘텐츠를 유튜브와 페이스북과 넷플릭스에서 소비한다. 그나마 텔레비전 영상은 풀 영상을 보지 않고 페이스북 공식 채널 혹은 네이버 TV캐스트에 업로드된 클립들로 본다.

드라마와 다른 텔레비전 프로그램을 보지 않는 이유는 무엇일까? 물론 집에 텔레비전이 없는 것도 큰 이유겠지만, 애초에 텔레비전 프로그램을 잘 보지 않으니 텔레비전을 살 이유도 없다.

어느 순간부터 텔레비전을 챙겨 보지 않아도 사람들과 대화를 하는 데 어려움을 느끼지 않게 되었다. 예전에는 텔레비전 속 프로그램들 사이사이에 나오던 짧은 광고가 유행어가 되었고, 광고의 CM송들이 온갖 패러디의 장이 되었고, KBS 〈개그콘서트〉에 등장한 말이 유행어와 밈(인터넷 등을 통해 퍼진 스타일이나 말투, 행동 양식)이 되었지만, 이제는 그렇지 않다.

오히려 유튜브나 아프리카TV, 트위치 BJ들의 언어가 더 파급력 높은 유행어가 되고 밈이 된다. SNS 이용자들끼리의 대화에서 나온 언어들도 유행어가 된다. 사실상 텔레비전 프로그램을 보지 않아도 현재의 트렌드를 좇고 사람들과 대화하기에 아무런 문제가 없는 것이다.

게다가 텔레비전 예능과 드라마에는 불편한 지점이 많다. 솔직히 거기서 거기다. 소재도 거기서 거기, 플롯도 거기서 거기, 보기 불편한 발언도 거기서 거기다. 매번 사랑 이야기, 재벌 이야기, 수동적인 여성 이야기, 여성 게스트에게 시키는 애교, 남성 게스트에게 시키는 상의 탈의. 물론 괜찮은 드라마와 프로그램도 있다. 연속해서 히트를 치는 PD들도 있다.

그들이 만든 프로그램을 보고 싶을 땐 푹이나 티빙 같은 서비스를 이용하면 된다. 가족 단위로 사는 집이 아니고서야 텔레비전이 크게 유용하지 않다는 느낌이 들 때가 많다. 지상파와 케이블 유료방송을 보려고 돈을 지불하지만 사실 볼 것이 그만큼 많지는 않으니까. 보고 싶은 콘텐츠 하나 때문에 모든 프로그램을 볼 금액을 지불하기는 쉽지 않다.

딱히 취미가 없는 내가 어릴 때부터 유일하게 즐기는 게 바로 드라마 보기다. 어릴 때부터 워낙 드라마를 좋아해 밤을 새워가며 드라마를 보고 야간자율학습 시간에도 몰래몰래 드라마를 보기도 했다. 지금도 좋아하는 드라마를 종종 돌려보기도 한다. 하지만 세상을 보는 눈이 더욱 넓어지면서, 가끔 한국의 드라마가 못내 아쉽고 불편할 때가 많아졌다. 심지어 어떤 드라마들은 대사 한 줄 한 줄 때문에 도저히 넘어갈 수도 없을 정도였다.

각종 예능도 더하면 더했지 덜하지는 않았다. 그런 나에게 넷플릭스의 한국 진출은 무엇보다 반가운 소식이었다. 그렇게 넷플릭스는 내 일상에서 빼놓을 수 없는 아주 중요한 플랫폼이 되었다. 얼마 전 취미를 묻는 질문에 나는 드라마 보기가 아닌 '넷플릭스 보기'라고 답했다.

넷플릭스의 장점 중 하나는 다양한 장르의 드라마를 제작한다는 데 있다. 나는 웹툰도 드라마도 로맨스나 가족을 소재로 다룬 콘텐츠보다 스릴러나 미스터리, SF, 수사물 등의 장르를 선호한다. 기존의 한국 드라마에서는 해당 장르들이 거의 없고, 보통 가족과 재벌 이야기 혹은 로맨스가 주로 다루어지기도 했다. 그나마 최근 들어 여러 종합편성채널과 케이블채널에서 나름 탄탄하고 흥미로운 수사물 드라마를 제작하고 있지만, 아직까지는 넷플릭스의 다양성이 압도적이다.

넷플릭스는 내가 좋아할 만한 맞춤형 드라마를 장르별

로 소재별로 여럿 제공할 수 있다는 점에서 나에게 아주 매력적이다. 또한 큰 노력과 비용을 투자하는 빅데이터 알고리즘을 통해 내가 좋아할 만한 콘텐츠를 끊임없이 추천해준다. 지루할 새가 없다. 넷플릭스가 추천해준 대부분의 콘텐츠는 소름 돋도록 내가 아주 재미있어 할 콘텐츠들이다.

내가 넷플릭스라는 플랫폼을 사용하는 다른 큰 이유 중 하나는 콘텐츠를 소비하면서 부닥칠 혐오 발언을 비롯한 불편한 지점들이 그나마 한국의 콘텐츠에 비해 덜하다는 점이다. 넷플릭스의 콘텐츠 대부분은 영미권에서 제작된다. 이 콘텐츠들은 그런 지점에서 그래도 한국의 드라마보다 몇 배는 앞서 나가 있다.

한국 드라마에서 흔히 볼 수 있는 고정된 성 역할, 고의적으로 성소수자를 지운 걸까 싶을 정도의 이성애 중심적인 스토리, 성소수자 희화화, 남성이 항상 주요한 역할을 맡는 것, 각종 성별 고정관념을 확대 재생산시킬 수 있는 대사들, 억지스러운 러브 스토리, 불필요한 선정적인 장면 등의 빈도가 월등히 적다. 물론 과거에 제작되었지만 현재 넷플릭스에서 볼 수 있는 옛날 드라마들은 불편한 지점이 분명히 많다.

어쨌거나 현재 넷플릭스 오리지널 콘텐츠들은 대부분

나에게 한국 드라마를 볼 때 자주 느끼는 피로도를 느끼지 않게 해준다. 아무 생각 없이 몰입해 쉬려고 보는 콘텐츠에서까지 혐오 발언을 듣고 불쾌하고 싶지 않다. 그런 점에서 넷플릭스의 콘텐츠는 부담 없다.

또 다른 장점은 콘텐츠 질과 양에 비해 저렴한 가격이다. 아무래도 가성비를 많이 따지는 젊은 세대에게 저렴하면서도 양질의 콘텐츠 제공은 매우 매력적이다. 내 주변에 넷플릭스를 자주 보는 20대가 매우 많고, 그들을 모아 넷플릭스 4인팟(프리미엄 요금제)을 만들었다. 혼자서 가입할 경우 한 사람당 1만 원에 가까운 금액을 내야 하지만, 프리미엄 요금제를 활용하면 4명이 3,000원씩 정도만 내고 이용할 수 있다.

HD는 물론 UHD 화질로 보는 것도 가능하다. 한 달 3,000원으로 이렇게 질 좋고 재미난 콘텐츠를 무제한으로 볼 수 있다니 이만큼 '가성비 갑'인 것도 없다. 혼자 산 지 오래인 나에게 퇴근 후 넷플릭스와 맥주 한 캔만큼 좋은 친구는 없다. 주말에도 약속이 없는 날 하루 종일 누워서 넷플릭스를 보고, 밥을 먹으면서도 넷플릭스를 시청한다. 무료한 이동 시간에도 넷플릭스를 접속한다.

이제 나는 친구들과 넷플릭스의 드라마로 이야깃거리를 나눈다. 넷플릭스가 제공하는 풍부한 콘텐츠의 소재들로 친구들끼리 토론이 이루어지기도 한다. 이쯤 되면 넷플릭스를 보고 싶지 않은가? 친절하게도 넷플릭스는 한 달 무료 이용권을 제공한다. 그런데 사실 한 달로는 넷플릭스의 매력을 느끼기에는 충분하지 않다. 그러다 보면 딱히 손이 더 가지 않고 실망하게 되어 그냥 해지를 해버리는 것이다. 내가 몇 가지 넷플릭스의 콘텐츠를 추천해드리겠다. 무료 등록 후 아래 콘텐츠 중 하나를 정주행하면서 넷플릭스의 매력에 빠져보기 바란다.

첫 번째는 〈블랙미러〉. 과학기술의 발전으로 가까운 미래에 정말 겪을 법한 이야기들을 날카롭게 담아내고 있다. 돼지와 수간을 해야 할 상황에 처한 총리, 뇌에 심은 칩으로 상대가 느끼는 고통을 똑같이 느끼는 의사 이야기 등이 펼쳐진다. 글로만 보면 '과학'이라 재미없을 것 같지만 정말 최고다. 〈블랙미러〉야말로 천재들이 만든 시나리오라고 생각한다.

두 번째는 〈루머의 루머의 루머〉. 고등학생인 주인공의 여성 친구가 자살한 뒤 이상한 테이프가 학교 친구들 사이에서 돌아다닌다. 바로 자살한 친구가 직접 자신의 목소리로 녹

음한 테이프다. '루루루'는 친구의 자살을 소재로 뿌리 깊은 강간 문화를 다룬다.

세 번째는 〈기묘한 이야기〉. 1983년을 배경으로 한 시리즈다. 절친한 네 명 중 한 명이 집으로 귀가하던 중 흔적도 없이 사라진다. 아이의 실종 이후 이상한 초자연적 현상과 각종 기이한 일을 겪기 시작한다. 과연 아이는 살아 있는 걸까? 살아 있다면 대체 어디에 있는 걸까?

구몬 성인 중국어를
시작했다

내 달력의 매주 목요일은 고정 스케줄로 채워져 있다. 누가 약속을 잡자고 해도 항상 목요일은 어렵다며 후다닥 집으로 도망간다. 나에게는 퇴근하고 어서 집에 가서 해야 할 일이 있다. 내가 매주 목요일마다 약속을 잡지 않는 이유는 바로 구몬 중국어 수업이 있기 때문이다!

일을 시작한 지 얼마 되지 않았을 때, 퇴근 후 녹초가 되어 집으로 돌아오면 씻고 침대에 누워 쉬는 게 다였다. 너무 피곤한 탓에 집에 와 무언가를 할 생각을 할 수 없었다. 그렇

게 하루하루가 흘러가다 보니 혼자 집에 있으면 약간은 외로
운데 그렇다고 사람들을 만나자니 막상 귀찮고 나가기 싫었
다. 나에게는 또 맞이해야 할 내일과 부장님이 있으니까.

'나만 이런 건 아니겠지.' 그렇게 매번 침대에 누워 넷플
릭스만 보던 어느 날 문득 생산적인 걸 해보자, 그래! 배움을
한 번 실천해보자 마음먹게 되었다. 어렸을 때부터 늘 억지로
배우다 처음으로 정말 배워보고 싶어 먹게 된 마음이었다.

어릴 때부터 여러 언어를 하는 사람에 대한 동경이 있었
고 가까운 미래에 꼭 중국어를 배워보자는 다짐을 실천하기
로 했다. 풀타임 회사를 다니고 있으니 평일에 퇴근 후 학원
을 가기에는 문제가 많았다. 보통 학원은 종로나 강남 등 번화
가에 밀집해 회사나 집과는 거리가 멀었다. 가뜩이나 퇴근 후
힘든데 그곳까지 대중교통을 타고 이동할 열정까지는 나에게
없었다. 게다가 야근이라도 하게 되는 날에는 수업을 날리게
될 판이다.

주말 수업을 들어볼까? 하고 마음먹었지만 주말에는 꼼
짝도 않고 집에서 쉬고 싶은 마음이 더 컸다. 이렇게 게을러진
내가 비싼 돈 준 학원을 빠지기라도 한다면 나 자신에게 너무
자괴감만 느낄 것 같았다. 이미 살면서 여러 번 겪어온 그 자

괴감 말이다. 그래, 인간의 욕심은 끝이 없고 똑같은 실수를 반복한다. 또 실수를 반복할 가능성이 농후하니 일단은 저렴한 가격으로 천천히 시작해보자. 그래서 구몬 성인 중국어를 시작하게 되었다.

등록 후 선생님과 전화로 수업 시간을 잡았다. 첫 수업날 어색하고 뻘쭘하게 집에서 선생님을 맞이했다. 무언가 민망했다. 어린 시절 넓은 부모님 집에서 학습지 수업을 한 느낌과 완전히 달랐다. 가뜩이나 좁은 집에 선생님을 모시려니 뭔가 민망하고 선생님이 불편할 것 같기도 하고……. 음료수를 준비해야 하나? 혼자 살아 내가 마실 음료수도 없는데? 게다가 첫 수업 당시 이사 온 지 얼마 되지 않아 집에 책상조차 없었다.

하지만 선생님은 이미 이런 좁은 집에서 하는 성인 수업에 익숙한 듯 보였다. 수업은 선생님이 진도에 맞춰 미리 뽑아 온 학습지를 푸는 것으로 진행되었다. 기본적으로 원어민 음성을 듣고 따라 하는 식이다. 과거 구몬 일본어 수업 때는 선생님이 카세트테이프인지 CD인지를 들고 다니며 원어민 음성을 들려주었지만, 지금은 스마트펜이라는 하이테크놀로지

가 있었다.

굵은 펜같이 생긴 기계를 학습지의 중국어 글자에 갖다 대면 스마트펜에서 원어민의 목소리가 흘러나온다. 음성을 듣고 발음을 따라 읽고 직접 쓴다. 선생님은 뜻을 설명해주거나 잘못된 발음을 교정해준다.

수업이 끝나고 나면 일주일 동안 풀어야 할 학습지를 내 상황에 맞게 배분해 최대한 매일매일 공부하도록 노력한다. 하지만 역시나 인간은 초등학생 때와 똑같은 실수를 반복한다. 결국 공부하는 날은 선생님이 오기 며칠 전부터다. 어쨌든 일주일 후 선생님이 오면 지난주에 풀었던 학습지의 문장을 스스로 말해보거나 써보는 테스트가 이루어진다. 어렸을 때야 학습지를 덜 풀거나 공부를 제대로 하지 않으면 선생님께 혼났지만, 어쩐지 성인이 되어서는 그저 민망함뿐이다.

"선생님, 하하하, 제가 이번 주엔 야근이 많아서……. 다음 주엔 꼭 제대로 해 올게요. 하하하하."

수업을 해보니 한 달에 4만 1,000원이라는 저렴한 가격의 이유가 있었다(과목마다 가격이 다르다). 아주 전문적인 중국어 과외는 아니고 사실상 자기주도학습을 선생님이 잠깐씩 봐주는 식이다. 선생님은 해이해지지 않게 자기주도학습을 정말

자기 주도로 하고 있는지 확인하는 역할이다. 그래서 오히려 성인반은 학습지만 받고 선생님은 오지 않는 옵션도 있다.

학습지를 공부하는 어른들이 나만은 아닌 듯하다. 최근에 이렇게 학습지를 푸는 성인들이 늘어나고 있단다. 2013년에 2만 명 정도였던 구몬 회원수가 2016년에는 그 두 배로 뛰었다고 한다. 2016년에 4만 명 정도였으면 지금은 또 훨씬 더 많을 수도 있겠다. 취미생활을 위해 혹은 바쁜 와중에 지적 욕구를 채우기 위해, 성취감을 얻기 위해, 자투리 시간을 활용하기 위해, 승진을 위해, 태교를 위해 등등.

아주 다양한 이유로 성인 회원들이 학습지를 찾고 있다. 성취감을 느낄 곳이 잘 없는 성인이 선생님과의 수업을 통해 뿌듯함도 느끼고 칭찬도 받는 그런 과정 자체가 좋다는 사람들도 있다. 어린 시절에는 그렇게 하기 싫어 몇 장 몰래 숨기거나 풀지 않아 선생님께 혼났던 아이들이 어른이 되어서는 주입식 교육 밖의 배움에 재미를 깨닫고 있다. 고령화와 저출산으로 학습지 시장이 침체되다 몇 년 전부터 성인들의 유입으로 다시 활성화되고 있을 정도란다.

학습지를 한다는 말에 반응하는 사람들을 보면 성인의 수요가 높아지고 있음을 체감할 수 있다. 어찌나 다들 궁금해

하는지……. 대부분의 사람들이 눈을 반짝이며 공부해보니 어떠냐고 물었다. 솔직히 말하면 학습지의 장단점은 뚜렷하다. 1년 정도 해본 결과 정말 단기간 안에 '빡세게' 언어 능력을 늘려야 하거나 시험을 준비해야 하는 사람이라면 비추다. 아주 기초적인 부분부터 천천히 '반복학습'을 하는 것이 구몬 학습지의 특징이기 때문이다.

진도 자체도 느릴뿐더러 반복되는 단어와 문장 등이 많아 속도가 더디다고 느낄 수도 있다. 공부할 시간이 부족한 나에게는 이 반복학습이 크나큰 장점이 된다. 크게 노력을 기울이지 않아도 자연스레 중국어를 익히게 된다. 하도 많이 보니까 어쩔 수 없이 익숙해지는 거다.

또 학원은 정해진 커리큘럼이 있기 때문에 그에 맞춰 바삐 공부해야 하고 잘 모르는 경우 건너뛰게 되지만, 학습지는 내가 원하면 특정 진도 구간을 반복할 수 있다. 진도가 나가다 특히 어려운 부분이 있다면 그 구간을 반복해 풀고, 한 단계가 끝나면 그 단계에서 어려웠던 부분을 다음 단계 가기 전 한 번 더 반복하는 식으로 자기 능력에 맞게 진도를 조정할 수 있다.

물론 학습지도 단점은 있다. 선생님이 원어민도 아니고

전문적인 과외 선생님이 아니기 때문에 과외 같은 세세한 배움을 상상한다면 적합하지 않다. 특히나 선생님이 오지 않는 옵션은 결국 주변에 묻거나 구글링을 해야 한다.

"아니, 그래서 어느 정도 하냐니까?"

나는 2A, A, B 단계를 거쳐 얼마 전 C 단계에 접어들었다. 이제 곧 1년이 다 되어가는데, 초반 몇 개월은 편의점에서 우연히 만난 중국인들이 하는 문장의 단어를 몇 개 주워들어 대충 뉘앙스를 파악했다. 물론 그 뜻이 맞는지 아닌지 모른다. 그러다 몇 개월 전 다녀온 타이완에서는 아주 기본적인 안부를 타이완 친구와 떠듬떠듬 주고받을 수 있었다.

하루는 타이완 친구가 다른 타이완 친구와 전화 통화를 하던 도중 나온 간단한 대화, "너 어디냐", "나 지금 가오슝高雄에 잠깐 왔다"라는 문장을 알아듣고 무척이나 뿌듯했다. 알아들은 나를 보고 타이완 친구도 놀랐다.

학습지는 언어적인 부분에도 어느 정도 제 역할을 하고 있지만, 심리적으로도 나에게 긍정적인 효과를 끼쳤다. 매일매일 무언가를 '공부한다'는 것, 조금씩이라도 성장하고 있다는 것, 혼자 있다 선생님을 매주 만나 중국어에 대한 간단한 이야기라도 나눈다는 것, 중국어를 쓰는 친구들과 공감대가 형성된다는 것, 빡빡하고 답답한 일상에 조금 고개를 돌려 숨을 쉴 수 있는 시간.

　　이 모든 것이 조금이나마 일상에 활력을 불어넣었고, 자신에게 자괴감이 들 때마다 나 자신을 스스로 다독일 수 있는 회복의 단초가 되었다. 그래서 학습지를 추천하느냐고 물으면 늘 강력하게 추천한다고 대답한다. 이제 내 목표는 타이완 친구와 다시 만나면 떠듬떠듬하더라도 일상적인 대화를 말하고 알아듣는 것이다! 加油!(파이팅)

가을 백패킹의
매력

해가 조금씩 지면서 하늘이 붉은빛에서 푸른빛으로 변해간다. 약간 서늘하면서 고소한 가을 냄새가 난다. 챙겨 온 조그마한 블루투스 스피커에서는 혁오의 〈Feels Like Roller-Coaster Ride〉가 흘러나오고, 텐트 위에 걸어둔 가스 랜턴 심지가 타닥타닥 예쁜 빛을 내며 타들어가고 있다. 간단히 만든 맛있는 음식과 와인을 먹으면서 혼자 생각에 빠지거나 혹은 동행자와 이야기를 나눈다.

도란도란 이야기를 나누다 도시보다 빨리 떨어진 해와

와인에 약간 졸리다. 취기도 살짝 돈다. 아까 낮에 맥주를 마시고 햇볕을 받으며 낮잠도 잤지만, 조금 쌀쌀한 텐트 안 침낭 속으로 쏙 들어가 책을 몇 페이지 읽다 까무룩 잠든다.

　나는 원래 취미가 없기로 유명한 사람이었다. 어린 시절 '취미' 칸에도 남들이 다 쓰는 것만 쓰며 성장하다 자기소개서에서조차 '취미' 칸이 존재하는 걸 보고 좌절했다. '아니, 취미 가질 여유도 없는 나라에서 취미는 무슨 왜 맨날 물어 대체.' 누가 취미가 뭐냐고 물어봐도 할 말이 없었다. 그나마 넷플릭스 보기? 자전거 타기?

　알고 보니 이런 고민을 하는 건 나뿐만이 아니었다. 내 주변 다 큰 우리 어른들 대부분은 취미가 없다. 취미를 가질 시간이 없었던 걸까? 아니면 일을 마치고 돌아온 집에서 다른 걸 할 힘도 없이 침대에 쓰러져버렸기 때문일까? 어쨌거나 취미 없기로 유명하던 내가 최근에 새로운 그리고 아주 만족스러운 취미가 생겼다. 바로 캠핑!

　그중에서도 차로 떠나는 캠핑보다는 백패킹으로 떠나는 캠핑을 선호한다. 사실 백패킹 자체는 몇 년 전 길게 떠난 유럽 여행과 동남아시아 여행으로 이미 익숙하다. 얼핏 내 몸보다 커 보이는 40~50리터 가방을 메고 한 달 이상을 다녀보니

1박 2일 캠핑 짐 정도는 문제가 없었다.

실은 캠핑과의 인연이 갑작스레 생긴 것은 아니다. 정말 유행은 돌고 도는 건지 최근 한창 캠핑이니 아웃도어니 이런 것들이 유행하기 10여 년 전, 아빠와 엄마는 어린 나를 데리고 여름만 되면 이리저리로 캠핑을 다녔다. 산으로 계곡으로. 물론 가급적 간소화된 지금의 내 캠핑과 달리 가족 차에 실린 4인용 텐트와 온갖 해먹을 음식, 이를 테면 된장과 김치 같은 것들까지 챙겨 산속 어딘가에서 또 계곡 근처에서 호화롭게 1박을 했다.

캠핑을 좋아하는 부모님 덕분에 제대로 씻지 못한다거나 때로는 제대로 된 화장실에도 가기 어렵다거나 이런 문제들에는 진작에 내 몸이 적응했다. 그러다 보니 성인이 되어 하게 된 캠핑에도 좀더 쉽게 도전할 수 있었다.

다행히 가족 외에도 주변의 친구들과 애인까지 캠핑을 좋아해 무리 없이 나다니지만 꽤 많은 사람에게 아직 캠핑은 생소한 활동인가 보다. 캠핑이 무어가 좋냐는 물음에 아주 추상적이고도 뻔한 대답밖에 할 수가 없다. 엄청난 인구밀도와 빽빽한 건물을 벗어나 트인 자연을 즐길 수 있다. 차가 아닌 백패킹을 할 때는 대부분 캠핑사이트에 도착하기까지 계속해서 걸어야 한다. 이 시간 동안 생각이 많아지고, 또 차분하게 정리되다 비워지기도 한다.

직업 특성상 가능한 한 다양한 환경을 접하며 인사이트를 얻어야 하는 나에게 캠핑은 매번 보던 뻔한 풍경에서 벗어나 새로운 영감을 주는 이벤트가 되어 정말 소중한 시간이 된다. 멀리 떠나야 하는 여행에 비해 서울 안에서도, 조금만 떨어진 근교에서도 충분히 좋은 캠핑사이트를 찾을 수 있다는 점도 아주 큰 장점이다.

혼자 가는 캠핑도 좋겠지만 무엇보다 둘이 간다면 동행자와 서로에게 더 집중하며 평소보다 많은 대화를 나눌 수 있다. 어떤 캠핑사이트는 인터넷이 잘 안 터지기도 하니까. 평소 못 읽었던 책도 한 권 들고 가 마음 놓고 읽기도 한다.

서울에서 조금 멀리 떠나는 캠핑이 좋은 이유 중 하나는 그 지역에서 유명하거나 꼭 먹어야 할 맛있는 음식을 먹을 수 있다는 것이다. 캠핑에서 먹을 게 보통 그 여행지에 따라 달라지는데, 바다 근처라면 회센터에 가서 회와 해산물을 떠 온다. 그 지역의 특색 음식을 사서 해먹거나 포장하는 게 캠핑의 또 다른 매력이다.

차보다는 걸어가는 백패킹을 선호하다 보니 짐을 적게 싸는 데에는 도가 터버렸다. '무조건 가볍게.' 반드시 필요한 텐트나 조리 도구, 침낭 외에는 무조건 줄일 수 있는 만큼 줄여야 한다. 물론 낮에는 생활하기에 더운 것 같아도 보통의 캠핑사이트들은 산속이나 외진 나무 그늘 속에 자리 잡은 경우가 많아 요즘 같은 캠핑 꿀날씨에도 새벽에는 자다 깰 만큼 추울 수 있다. 도톰한 침낭과 여분 담요 등 자는 물품에는 절대 짐 공간을 아껴서는 안 된다. 자다가 몇 번이고 추워서 벌떡벌떡 일어나는 시행착오를 수없이 겪어보고 얻은 뼈아픈 깨달음이다.

차가 있는 캠핑일 때야 그늘막 텐트도 가져가고 큰 테이블도 가져가고 의자도 챙기기도 하지만, 백패킹은 중간에 다시 서울로 돌아가기 싫으면 최대한 짐을 줄여야 한다. 물론 작은 블루투스 스피커는 언제나 필수다.

캠핑이 취미라고 하면 캠핑을 하고 싶다는 사람들이 늘 던지는 질문이 있다.

"그럼, 장비는 어떻게 해? 다 사? 비싸잖아."

물론 다 샀다. 어디서 주워 와서 캠핑을 떠나지는 않는다. 하지만 나도 한번에 그렇게 큰돈을 들여가며 모든 장비를 사지는 않았다. 부담스러우니까. 그래서 당장 반드시 필요한 물건부터 틈틈이 사놓는다. 예를 들어 텐트를 사고 처음에는 집에 돌아다니는 이불이나 담요를 들고 가다가 돈이 생기면 침낭을 산다.

그 외 캠핑 도구들은 요즘 대형마트나 다이소에 가서 아주 저렴하게 살 수 있다(이마트가 캠핑 물품을 잘 모아 판다). 꼭 대형마트가 아니어도 운이 좋으면 집 근처에 캠핑 전용 매장들이 있어 할인할 때 살 수 있다. 이런 걸 잘 노려 저렴한 장비부터 차곡차곡 쟁여 놓으면 된다. 다른 활동들처럼 캠핑도 '장비빨'이겠지만 첫술에 어떻게 배부르겠는가.

2018년 7월부터 52시간 근무가 시작되고 찬성하는 기사도 염려하는 기사도 쏟아져 나오지만, 어쨌거나 점점 노동시간이 줄어드는 것은 변함없는 사실이다. 퇴근 후 취미를 찾거나 제2의 일을 찾고 평일의 에너지를 아껴 주말에 어디론가 훌쩍 떠나는 사람이 늘어간다.

물론 집 떠나면 개고생이라지만 요즘 새로운 취미를 고민하고 있다면, 또 새로운 영감과 새로운 풍경이 필요하다면 이번 주말에 가까운 곳에라도 캠핑을 떠나보는 게 어떨까? 장비가 조금 부족해도 먹고 싸고 자는 게 조금은 불편해도 캠핑사이트를 잘만 정한다면 정말 행복하고 충만한 하루나 이틀을 보낼 수 있을 테니까!

　마지막으로 소소한 캠핑 팁이다. 낮에는 덥고 선선한 날씨지만 새벽에는 정말 추울 수 있다. 도톰한 침낭과 두꺼운 겉옷을 들고 가야 한다. 꼭! 간단히 해먹을 수 있는 캠핑 요리로는 소시지구이, 감바스, 알리오 올리오 파스타, 된장찌개, 라면 등을 추천한다. 모든 재료는 손질을 미리 해서 물 또는 소스만 넣고 끓이고 볶을 수 있도록 준비하면 좋다. 반드시 쓰레기봉투를 들고 가서 만들어낸 쓰레기를 따로 가져와 분리수거해야 한다. 절대 캠핑사이트에 무단으로 쓰레기를 투척하지 말자!

배달 음식의 플라스틱에
죄책감이 든다면

혼자 방에 굴러다니다 배가 고프다. 배달 앱에서 떡볶이를 장바구니에 넣고 간편 결제로 버튼 하나 띵 누르면 40분 뒤 집 앞에 배달 음식이 온다. 떡볶이를 들고 식탁에 앉아 큰 비닐 봉지에서 플라스틱통을 빼낸다. 플라스틱 뚜껑을 열면 떡볶이를 담은 플라스틱 몸통에 비닐 랩이 씌워져 있다. 비닐 랩을 벗겨낸다.

　떡볶이를 담은 플라스틱통 옆에는 달걀찜을 담은 플라스틱통과 주먹밥을 담은 플라스틱통도 있다. 함께 온 수저도 플라스틱이다. 떡볶이를 먹고 남은 음식물 찌꺼기를 버리고 최대한 깨끗하게 헹궈내 버리지만 이 플라스틱 쓰레기들은 재활용이 안 될 가능성이 높다. 잘 싸맨 플라스틱 쓰레기들을 1층 재활용통에 담으면서 늘 죄책감이 든다.

　최근 몇몇 나라는 카페에서 파는 음료에 쓰이는 빨대를 엄격하게 금지하고 있다. 물건의 과대 포장을 줄이고 플라스틱이 반드시 필요할 경우에 생분해生分解 플라스틱 사용을 권고한다. 생분해 플라스틱은 기존 플라스틱에 비해 짧은 시간 내에 자연에서 썩어 자연으로 돌아가는 제품을 말한다.

　한국에서는 배달 음식이 복병이다. 1인 가구가 늘어나고 배달 음식 업계도 날로 성장하지만, 그만큼 재활용이 잘 되지 않고 썩지 않는 플라스틱 쓰레기도 늘어만 간다. 세계에서도 순위권을 차지할 정도로 압도적으로 많은 일회용 플라스틱 쓰레기를 발생시키고 있는데, 그마저도 업체 비용 문제로 생분해 플라스틱은 잘 쓰이지 않는다.

　환경에 관심을 갖게 된 계기는 별로 특별하지 않았다. 쓰레기와 분리수거에 대한 윤리의식이 비교적 높은 엄마 덕분에 어린 시절부터 나도 모르게 체득하게 되었다. 솔직히 말하면 자손에게 물려주기 위한 지구라든가 하는 이야기는 잘 와 닿지 않는다. 쓰레기에 고통스러워하는 동물 사진은 그나마 조금 뜨끔거릴 뿐 실천으로까지는 좀처럼 이어지지 않는다. 실천은 별나 보이고 귀찮고 노력을 기울여야 하는 것이기 때문에 쉽지 않다.

그러다 우연히 한 기사를 보게 되었다. 영국에서 판매된 여러 소금 제품 안에 미세플라스틱이 검출되어 모두 수거했단다. 인간의 욕심이 돌고 돌아 동물을 넘어 이제는 인간에게 재앙으로 다가가는 시기가 되었나 보다. 미세먼지와 지구온난화로 제트기류가 무너져 생긴 극강 한파, 말도 안 되게 더운 지금의 여름 등.

결국은 나 개인을 위해 조금이라도 환경오염에 덜 기여하고자 노력하게 되었다. 미미하겠지만 나 같은 사람들의 행동이 모여 그나마 내가 덜 고통받기 위해. 테이크아웃 컵 대신 텀블러를 쓰는 것처럼 플라스틱을 발생시키지 않으려 노력하는, 할 수 있는 선에서 내가 할 수 있는 것을 하자는 생각으로 노력하기 시작했다.

무엇보다 내 주변의 누군가가 실천하고 있을 때 나도 모르게 영향을 많이 받게 된다. 어린 시절부터 봐온 엄마에게 영향을 받았듯이, 최근에는 옆자리 동료에게서 그 영향을 크게 받게 되었다. 동료는 채식주의자에 환경운동을 실천하는 사람이었다. 사람에게 관심이 많은 나에게 동료는 사실상 거의 제로 웨이스트zero waste(하루 동안 쓰레기를 아예 만들어내지 않는 것)에 가까웠다.

플라스틱 테이크아웃 물품은 일절 쓰지 않고 점심시간에도 늘 작은 에코백과 텀블러를 챙겨 나갔다. 그 동료는 나에게 어떠한 강요도 제안조차 하지 않았지만 옆에서 지켜보며 나도 저 정도는 실천할 수 있겠지 하며 할 수 있는 걸 하게 되었다.

주변의 힘은 생각보다 컸다. 나 말고 다른 동료도 그 동료를 보고 실천하기 시작했다. 근래 한국에서 매장 내 테이크아웃 컵 사용을 엄격하게 금지하기 전부터 몇몇 동료와 테이크아웃 컵을 사용하지 않고 텀블러 사용을 서로 약속했다.

물론 조금 귀찮기는 하지만 생각보다 어렵지는 않았다. 주변에 강요한 적은 없지만 내가 이런 걸 실천하고 있다고 늘 알렸다. 그랬더니 남자 친구도 스스로 한 번 해볼 만하겠다 싶었다며 카페 매장에서 일회용컵 대신 유리컵을 요청해 커피를 마시기 시작했다. 그렇게 주변의 실천을 직접 목격하게 되면 좀더 쉽고 무게감 있게 다가온다.

얼마 전, 여름휴가로 말레이시아 코타키나발루로 여행을 떠났다. 코타키나발루에서 이틀 묵고 바로 약 3시간이 넘게 걸리는 만타나니라는 섬으로 향했다. 섬이 워낙 아름답고 조용해 휴양하기에 딱이라기에, 버스와 배를 갈아타야 하는 불편한 교통편에도 이틀을 머물기로 계획했다. 어렵게 도착한 만타나니섬은 정말로 아름다웠다. 얕고 투명한 에메랄드빛 바닷물에 고요한 자연환경이 너무너무 아름다운 섬이었다.

그러나 해변은 경악스러울 정도였다. 만타나니섬은 아직까지 크게 알려지지 않은데다 오래 머물다 가는 관광객이 적어 섬에서 자체적으로 만들어내는 쓰레기는 적었지만, 문제는 보르네오섬에서 밀려오는 수많은 쓰레기였다. 해변은 정말 발 디딜 틈 없이 쓰레기로 빼곡했다. 해변을 따라 걷는데 쓰레기가 너무 많아 발을 어떻게 디뎌야 할지 어느 길로 가야 할지 찾기 어려울 지경이었다.

사람이 사는 집이 있거나 리조트나 펜션 앞의 해변은 사람들이 직접 청소해 그나마 깨끗했지만, 사람이 살지 않는 곳의 해변은 엄청난 쓰레기가 쌓이고 쌓여 있었다. 만타나니 사람들은 하루에 몇 번씩 집 앞 해변을 청소했지만 쓰레기는 계속해서 쌓인단다. 자고 일어나면 한가득이다. 심지어 어떤 집 앞에서는 페트병에 물을 채워 수백 개를 쌓아두는 퍼포먼스 아닌 퍼포먼스를 하기도 했다.

지난 4월에 보라카이가 폐쇄되었다(필리핀 정부는 2018년 4월부터 10월까지 환경 복원을 위해 보라카이섬을 폐쇄했다). 인간 이 버린 쓰레기는 결국 인간에게 손해를 가하는 식으로 돌아 오고 있다. 만타나니섬도 이런 식으로 가다간 폐쇄될지도 모 른다.

내가 묵었던 펜션은 만타나니의 환경 파괴 문제를 심각 하게 생각해 직접 실천하는 공간이기도 했다. 이곳을 포함한 만타나니의 여러 숙소는 플라스틱을 일절 제공하지 않기 때 문에 페트병에 담긴 생수가 아닌 보르네오섬에서 직접 떠온 물을 관광객들에게 제공했다.

우리 숙소는 오로지 전기를 태양광 발전으로만 가동했 고 저녁 9시에 발전기를 내려 새벽에는 자동으로 모든 전기 가 끊겼다. 더운 나라라 견딜 만하기는 했지만 온수도 가열 시 스템이 없기 때문에 나오지 않았다. 변기 물도 재활용한 물이 었고 당연히 에어컨도 없었다.

섬이라 쓰레기 처리도 어렵고 비용도 많이 드니 최대한 쓰레기 발생을 줄이려 노력하고 있었다. 심지어 묵은 방의 한 면은 벽돌이나 시멘트가 아닌, 플라스틱 페트병에 진흙을 채워 쌓은 뒤 그 사이사이를 흙으로 채운 방이었다.

예전에 적정기술을 잠깐 조사했을 때 보았던 사례를 실제로 보게 된 것이다. 벽돌 같은 재료를 만들어내기 위해 드는 비용을 쓰지 않고, 이미 발생한 쓰레기를 재활용한다는 점에서 의미가 있다. 더운 나라이기 때문에 이 벽은 창문 이외에도 바람이 잘 통하게 해주고 진흙으로 온도를 낮추는 데 효과가 있다.

2박 3일 동안 이 숙소에 머물면서 당연히 불편한 점도 있었지만 또 적응하니 생각보다 살 만했다. 보르네오섬에서 원주민과 관광객들이 쓰레기를 마구마구 버려댈 때 만타나니섬과 사람들은 그 쓰레기를 고스란히 받아내며 처리를 고민하고 있다.

당장 그 상황에 처한 사람들은 환경을 더 좋게 만들지는 못해도, 더 파괴시키지 않을 고민을 하게 된다. 혹은 이미 상해버린 자연 속에서 어떻게 자연과 함께 살아갈 것인지를 고민하게 된다.

입사 후 습관적으로 매일같이 사먹던 커피를 담는 일회용 플라스틱 컵들, 1인 가구라는 핑계로 자주 시켜먹는 배달음식을 담은 플라스틱 그릇들, 편의점이나 마트에서 산 물건을 습관적으로 담는 비닐봉지들, 쇼핑몰에서 산 옷을 담는 비닐봉지들. 지금은 보라카이와 만타나니겠지만 다음은 또 어디가 될지 모른다.

나의 귀찮고 쓸쓸한
냉장고

언젠가부터 쿡방이 온갖 텔레비전 프로그램을 휩쓸었다. 오늘 무엇을 해먹을까 고민하는 사람들을 위해, 집에서 따뜻하게 해먹을 수 있는 요리가 필요한 사람들을 위해, 또 바닷가에 놀러가 음식을 하고 싶은 사람들을 위해 텔레비전은 최선을 다한다.

셰프들과 연예인들은 신선한 채소를 깨끗이 씻고 손질한다. 두툼한 고기를 잘라 좋은 재료에 재운다. 연예인의 냉장고에는 트러플, 캐비아, 푸아그라와 같은 각종 진귀한 식재료가 넘쳐난다. 이렇게나 비싼 재료가 아니더라도 요리할 기본 재료와 조미료는 적당한 종류로 늘 구비되어 있다.

쿡방 열풍은 텔레비전뿐만 아니라 SNS에서도 넘쳐난다. 3분 내외의 짧은 영상에 눈이 즐겁다. 쉬운 집밥 요리 레시피를 담은 영상도 차고 넘친다. 주변의 온갖 영상이 필사적으로 재료를 씻고 자르고 데치고 냄비 뚜껑을 닫고 있다.

배도 고픈 참에 그래서 내 냉장고도 열어보았다. 짜잔! 얼굴 마스크팩 네 장, 아직 실을 뜯지 않은 토너, 더운 여름 내 얼굴을 식혀줄 알로에젤, 맥주 몇 캔, 먹다 남은 소주병. 엥, 요플레가 왜 있지. 이것은 언제 산 거지? 온통 시커멓게 변해 바나나였던 것 같은 무언가……

내 냉장고는 화장품 냉장고였던 걸까? 아니면 거대한 '음쓰(음식물 쓰레기)' 통인가? 그것도 아니면 실은 열어보면 안 되는 문인가? 왠지 가끔은 냉장고 문 너머의 미지의 것들이 두려울 때도 있다. 그전 집의 허리께 오는 냉장고보다 얼마 전에 이사 온 집의 냉장고가 조금 더 크길래 기뻐했는데……. 나처럼 혼자 사는 한 친구에게 물어보았다.

"너는 냉장고를 열면 뭐가 있니?"

"맥주랑 뜯지 않은 치킨 무가 세 팩이나 있어."

"치킨을 많이 시켜먹었구나."

"뭐야, 이 물 빠진 상추는 언제 적 거지?"

"집에서 보내준 신김치랑 얼마 전에 사놓은 계란은 있어."

"라면 먹을 때 같이 먹어야 돼."

"그런데 신김치는 먹을 때 약간 좀 '아이셔' 수준이기는 해."

"먹기는 먹니?"

그리고 아마도 어딘가에 처박혀 있을 마른반찬들. 그리고 참치 캔. 옆에 있던, 역시 혼자 사는 친구도 거든다.

"맥주랑 콜라, 신김치, 김빠진 사이다."

"너도 뭔가를 많이 시켜먹는구나."

"마요네즈와 케첩도 있어."

이상하게 혼자 사는 사람들은 의외로 마요네즈나 케첩, 머스터드, 심지어 굴소스 같은 고급(?) 소스류들도 사놓는 경우가 많다. 물론 대체로는 유통기한이 끝나고도 1년이 넘을 때까지 처박아둔 채로 재활용을 하기는 하지만. 아무래도 주변에서 쉽게 살 수 있고 가격이 저렴하고 상하지 않기 때문일 거다. 혼자 사는 또 다른 친구는 냉장고를 열기가 무섭다고 조용히 고백했다.

나도 가끔은 냉동실을 열어보다가 소리를 지를 때가 많다. '아니 이게 대체 뭐여.' 어떨 때의 냉동실은 빙하기 시절 얼어 죽은 고대 생물의 서식지 같기도 하다. 쪼그라들 만큼 쪼그라든 양파 조각들, 자신의 몸집보다 큰 얼음 덩어리에 몸을 숨기고 있는 파 조각들, 각종 채소들. 여름철 냄새와 초파리 꼬임을 방지하기 위해 냉동실에 넣어둔 음쓰와 이것들의 차이를 서술하시오. 하지만 슬프게도 냉장고 전체에서 가장 건강하고 안전한 식재료들이다.

가장 슬픈 순간은 잊고 살다 우연히 열어본 전기밥솥 안을 확인할 때가 2위일 테고, 부모님이 보내준 반찬을 그대로 음쓰통에 버려야 할 때가 그다음으로 슬프다. 아까운 쌀밥들과 아까운 반찬들. 나는 분명 요리를 좋아했고, 잘했던 사람인데 왜 이렇게 되었을까? 혼자 사는 다른 친구들은 대체 왜 그렇게 되었을까?

자취 경력 중 많은 시간을 친구와 함께 살면서 정말 잘해먹었다. 1~2주마다 공금으로 장을 봐왔고 주말에는 함께 어려운 요리도 척척 하며 밥을 먹었다. 평일에도 늘 마트에서 산 반찬들과 부모님이 보내준 반찬들을 꺼내 야무지게 먹었다. 혼자 요리를 해먹고 싶은 날에는 신선한 재료들을 사와 요리를 했고, 넉넉하게 양을 만들어 친구에게 내일 먹으라고 일러주었다. 가끔은 학교 친구들을 불러 함께 장을 보고 요리를 해먹기도 했다.

스웨덴에서 타향살이를 할 적에도 자전거로 20킬로그램이나 되는 일본 쌀 포대를 꾸역꾸역 날랐고, 아시안 마트에서 그나마 한국 것과 비슷한 식재료를 사와 기숙사 공용 부엌에서 열심히도 요리했다. 근처 살던 한국인 친구들도 초대해 요리를 해먹었고, 여러 국적의 외국인 친구들과 정성스레 요리한 각자 나라의 음식도 자주 먹었다. 마트에서 돼지털이 박힌 껍데기가 그대로 붙어 있는 포크 밸리를 사온 다음 직접 손질해 삼겹살을 구워 먹기도 했다. 이렇게나 열정적이었던 나의 요리 라이프는 왜 이 모양 이 꼴이 된 것일까?

변명 하나. 아무리 식재료 양을 어림잡아 적게 사들고 와도 요리를 하면 꼭 남는다. 세상에서 제일 어려운 게 일인분짜리 음식을 요리하는 일이다. 조금 남아 다음 날 먹기도 양이 적다. 그래서 넉넉하게 이인분을 만들면 다음 날 약속이 생겨 저녁을 거르게 된다. 그렇게 하루 이틀 정도 냉장고에서 살고 있던 음식은 나중에 형체를 알 수 없는 모습으로 나를 맞이한다.

딱 지금 이 끼니만 먹을 수 있을 정도면 좋을 텐데. 엄마의 '대충 눈대중'이 세상 신기하다. 사실 완성된 음식이야 조금 남으면 그래도 다음 날 먹거나 그릇에 잘 담아 냉동실에 얼려두었다가 나중에 먹으면 된다. 문제는 재료다. 곧 또 해먹겠지 싶어 넣어둔 채소와 고기는 냉장고를 굴러다니다 늘 그렇듯 나와 헤어져 음쓰통으로 간다.

변명 둘. 뭔가 꼭 재료 하나가 없다. 요즘 모바일 영상들은 온통 '냉장고에서 굴러다니는 재료'를, 몇 분 만에, 쉽게 해먹을 수 있다는 요리 레시피들이 널려 있지만 어째 내 냉장고 이야기는 아닌 것 같다. 베이컨김치말이를 해먹자니 일단 베이컨은 우리 집 냉장고에 입주해 있지 않다. 다른 요리 레시피를 보니 우리 집에는 콘샐러드도 없고 버터도 없다. 치즈도 당연히 없다. 아니 식빵은 무슨, 이렇게 상하기 쉬운 대용량은 당연히 잘 안 산다.

부침가루는 밀가루로 대체해도 되나요? 그리고 무엇보다 혼자 사는 사람들은 오븐이 잘 없다. 뭔가 굉장히 쉬워 보이는 레시피인데, 내가 봐도 구하기 쉬운 재료들인 것 같은데 어쨌든 우리 집에는 없다. 없다! 없다고! 고것 몇 개 사러 나가자니 귀찮고, 사온다고 한들 며칠 냉장고에 머무르다 또다시 음쓰통으로 가지는 않을까 생각하니 그냥 엉덩이를 방바닥에 붙여버렸다. 없는 재료로 요리하면 대부분의 경우 네 맛도 내 맛도 없다.

변명 셋. 혼자 먹으면 맛이 없다. 이것은 팩트다. 귀찮음을 이겨내고 꾸역꾸역 근처 마트로 가서 이것저것 재료를 고르고 있다 보면, 이것을 집에 들고 가 씻고 손질하고 썰고 어떻게 저떻게 더운 불 앞에서 요리하고, 그 오랜 시간 배고픔을 달래며 간을 재며 맛을 보며 요리하자니 벌써부터 지친다. 그 생각을 하다 슬그머니 장바구니에 담았던 식재료를 제자리에 내려놓기를 오백 번 했다. '너희들은 음쓰통 말고 좋은 집으로 가야 해.'

친구와 혹은 애인과 함께 요리하고 마주 보고 앉아 천천히 이야기하며 먹는 음식들은 그렇게 맛있는데, 혼자 애써 만든 음식은 뭔가 투입하는 노력에 비해 그 맛과 먹음이라는 행동의 효능감이 썩 좋지 않다.

이 중 하나의 변명만이라도 해결이 된다면 조금이라도 요리할 맛이 날 텐데, 일하는데다 혼자 살기까지 하니 선뜻 쉽지가 않다. 가끔 미디어에서는 스스로 해먹는 요리를 건강하고 행복한 슬로푸드라고 일컫던데 어째 나에게는 귀찮고 쓸쓸한 푸드인가?

물론 자취 경력이 길어지다 보면 나름의 변명거리들을 해결할 나름의 지혜가 생긴다. 대형 종이컵을 산다. 된장찌개 재료인 집된장, 파, 두부, 버섯, 멸치가루, 다시다, 다시마 등을 넉넉하게 구입해 손질한다. 그다음, 재료를 대형 종이컵 여러 개에 나누어 넣고 입구에 랩을 씌운다. 냉동실에 넣는다. 1시간 불린 쌀로 맛있게 밥을 짓는다. 다 된 밥이 조금 식으면 반찬통에 나누어 냉동실에 넣는다. 먹고 싶을 때마다 된장찌개 컵을 꺼내 물을 부어 끓이고 밥은 전자레인지로 해동한다. 물론 전자레인지가 없는 사람들도 있다.

어쨌거나 이렇게 먹으면 버릴 일도 없이 덜 귀찮게, 우리가 인스턴트 음식을 먹는 정도의 노력으로 나름 건강한, 직접 만든 음식을 먹을 수 있다. 물론 한 번 얼렸기 때문에 맛은 조금 떨어질 수 있고, 무엇보다 밥에서 냉동실 냄새가 날 수도 있다. 그리고 냉장고가 작아 소분小分한 컵이 안 들어갈 수도 있다.

그래도 어쩌겠는가. 조금씩 시도해보며 깨달음을 얻고

나만의 팁들을 얻어가거나 아니면 주말에는 그냥 편의점에서 사먹자. 솔직히 이게 제일 편하다. 나는 아마 안 될 거 같다.

반려식물을
들이기 전에

내가 좋아해서 전체 시리즈(6개 시즌)를 최소 다섯 번은 돌려본 미국 드라마 〈섹스 앤 더 시티〉에서 캐리는 살아 있는 무언가와 함께 살지 못한다. 그것이 사람이든 식물이든 말이다. 캐리는 남자 친구였던 에이든과 동거를 하게 되고, 에이든은 함께 살던 반려견과 새 가족인 반려식물을 캐리의 집으로 데려온다.

결국 지난한 감정 끝에 캐리는 에이든과 결별하게 되고 그 시간 동안 말라붙어 죽어버린 식물 역시 캐리의 손에서 쿨하게 1층 쓰레기통으로 떨어진다. 역시 자기 집에는 살아 있는 어떤 것도 들일 수 없다고 말하며.

그 모습을 보고 나는 코웃음을 쳤다. 어릴 때부터 우리 집은 베란다부터 거실까지 무슨 식물원처럼 여러 종류의 식물이 한가득이었다. 내 방 책상에도 늘 식물이 자리 잡고 있었고 발에 차이는 게 화분이었다.

엄마와 아빠는 주말에 그 모든 식물을 돌보고 물을 주고 분갈이를 해주고 꺾꽂이를 했다. 쉬운 거겠지 하고 쉽다고 생각했다. 나는 식물은 그냥 물만 적당히 잘 주면 알아서 잘 자라는 그런 건 줄 알았다. 그러나 캐리가 그랬듯, 나는 쿨하지는 않았지만 그와 비슷한 결말을 맞게 되었다.

처음 식물을 들여야겠다고 생각한 건 1년 전이었다. 그냥 혼자 살아 적적하니까, 좁은 집에 두면 그냥 보기에 좋으니까. 오로지 나를 위한 이유로 데려왔다. 인터넷쇼핑몰에서 식물들을 구경하다 왠지 테이블야자가 마음에 들었다. 더운 나라를 좋아하는 나는 왠지 모르게 테이블야자라는 이름에 호감이 갔다. 다음 날 싱싱한 테이블야자가 화분 분갈이까지 된 상태로 배송되었고 나는 '야자'라는 이름을 붙여주었다.

　매일 출근할 때 인사하고 예쁜 말로 인사를 나누었다. 물도 꼬박꼬박 흠뻑 주라고 해서 물뿌리개로 겉흙이 완전히 젖을 때까지 뿌려주었다. 그러나 몇 주가 지나자 '야자'는 점점 말라비틀어지기 시작했다. 황급히 인터넷에 검색해보았지만 이유를 파악할 수가 없었다. 미세먼지가 심해서인가? 요즘 날이 추워서인가? 물이 많아서인가? 결국 '야자'는 한 잎씩, 한 잎씩, 제 몸에 붙어 있던 잎들을 떨구어내기까지 했다. 그렇게 '야자'는 결국 죽고 말았다.

　생각보다 상심이 너무 컸다. 생명을 죽였다는 죄책감 때문에 마음이 너무나도 무거웠다. 식물 하나 이렇게 제대로 돌보지 못해 죽여버렸는데, 나중에 반려견이나 반려묘 같은 동물과 살 수나 있을까? 원인이 대체 무엇이었을까?

　엄마는 잠잠히 내 이야기를 수화기 너머로 듣더니, 물이 부족했다고 말했다. 괜히 작은 화분과 작은 몸집의 테이블야자가 썩을까봐 물을 '아주 흠뻑' 주지는 않았는데, 알고 보니 실은 물을 너무 부족하게 준 거였다.

　통상 겉흙이 흠뻑 젖을 정도로 물을 준다는 건, 화분에 물뿌리개가 아니라 수돗물에서 물이 흘러나오는 정도로 물을 주어 화분 아래 물구멍으로 물이 쫄쫄쫄 어느 정도는 빠져나오는 걸 말하는 거였다. 괜히 겁을 집어먹고 물뿌리개로 물을 준다고 열심히 뿌려댔지만 진짜로 물을 준 게 아니었던 셈이다. 특히나 물을 자주 먹어야 하는 테이블야자에는 최악의 물주기였고, 그렇게 테이블야자는 물이 부족해 말라 죽어버렸다.

얼마 뒤 집으로 데려온 고무나무에 '고무고무'라는 이름을 붙여주었다. 엄마가 말해준 것처럼 물도 넉넉히 흠뻑흠뻑 주었다. 그러나 이 '고무고무'도 몇 개월 되지 않아 죽고 말았다. 그 크고 빤질빤질거리던 잎이 하나씩 하나씩 떨어지는 걸 보며 또 한 번 상심에 빠졌다. 나도 정말 캐리처럼 식물을, 아니 생명을 집에 들이지 말아야 하는 건가?

그렇게 상심한 채 살던 어느 날, 회사에서 집으로 돌아가는 길에 집 앞에 세워진 트럭을 발견했다. 트럭에는 여러 식물이 한가득 실려 있었다. 식물을 판매하는 선생님께 잘 죽지 않는 식물이 무어냐고 여쭤보았더니 돌아온 답은 고무나무였다.

'나는 정말 안 될 놈인가? 그래, 그래도 세 번의 기회를 나에게 주자. 이번에도 죽이면 정말 나는 자격이 없다.' 그렇게 다짐하고서 공기정화식물이라는 스파티필룸과 황금죽을 양손에 들고 집으로 데려왔다(각각 '스파게티'와 '리조또'라고 이름 지었다).

일회용 플라스틱 화분에 담겨 팔리던 거라 분갈이를 해주어야 했다. 어쩌면 데려오자마자 죽일 수도 있는 참이라 아주 꼼꼼하게 분갈이에 대한 공부를 했다. 인터넷 검색도 하고 부모님께도 여쭤보고 만반의 준비를 거쳐 분갈이를 하기 시작했다.

신문지를 넓게 깔고 뿌리로 추정되는 주변의 흙을 살살살 퍼낸다. 그다음 뿌리를 단단히 잡고 살짝 흔들면 뿌리가 어느 정도 흙을 머금은 채 뽑혀 나온다. 그 뿌리를 원래 흙과 함께 옮겨 심을 화분에 담고 흙을 가득 채우고 단단히 마무리한다.

그런데 죽은 지 한참 된 고무나무를 화분에서 덜어내는데, 아니 세상에, 고무나무 뿌리의 흙이 아직도 축축한 게 아닌가. 순간 정신이 번쩍 들었다. 고무나무는 맞바람 치지 않는 원룸에 살면서 통풍이 잘 되지 않자 흙이 마르지 않은 채 과습해 죽어버린 거였다. 매번 얼굴만 들이밀고 인사만 하고 예쁜 말만 해주고 죽으면 마음만 아파했지, 제대로 이 식물에 대한 공부를 했는지 성찰하기 시작했다.

테이블야자든 고무나무든 모든 식물은 종류에 따라 물이든 온도든 살아가는 조건이 다른 법인데 데려오기 전에 너무 공부가 부족했던 탓이다. 사람이 그렇듯 식물도 혼자서 알아서 그냥 크는 게 아닌데…….

그렇게 번쩍 든 정신으로 몇 개월간 분갈이에 성공한 스파티필룸과 황금죽을 공부하며 더 자주 들여다보고 체크하고 정성을 기울였더니, 스파티필룸은 새잎들이 막 나더니 자기 화분보다도 커져 더 큰 화분으로 옮겨주어야 할 행복한 상황이 되어버렸다. 하루가 다르게 쑥쑥 큰다. 과습보다는 조금 지켜보며 물을 주는 게 좋다던데, 약간 주욱 늘어져 있다가 물을 주면 언제 그랬냐는 듯이 줄기와 잎들이 탱탱하고 푸르게 서는 걸 보면 너무 기특하고 신기하다.

황금죽도 제자리를 묵묵히 지키고 있다. 아이들이 너무 잘 자라는 걸 보고 나도 자신감을 얻었다. '생명과 함께 살 수 있는 사람이구나. 혼자 사는 이 좁은 집에 나 말고도 하루를 제 나름으로 살아가는 다른 생명이 있구나.' 퇴근하고 돌아오는 나에게 그들은 언제나 반갑고 큰 힘이 되는 존재가 되었다.

나 말고는 모든 게 멈춰 있고 죽어 있는 것들 사이에서 스파티필룸과 황금죽은 살아 매일 변한다. 얼마 전에 선물 받은 홍콩야자 '라자냐'도 친구들 못지않게 환경에 적응하며 쑥쑥 크고 있다.

식물과 함께 사는 걸 사소하게 여겼던 과거의 나를 반성한다. 물론 식물은 보기에 좋고 나에게 감정적인 안정을 주지만, 그도 그 나름으로 생명으로 하루를 살아간다. 친구도 모두 성격과 성질이 다르듯 식물도 종류에 따라 다른 돌봄이 필요하다. 흔히 이 이야기를 주변 사람들에게 나누면, 어떤 이들은 격하게 공감한다.

"그래 맞아, 나는 생명과 함께할 수 없나 봐. 나는 다 죽이나 봐."

그러나 그전에 우리는 얼마나 그 생명에 대해 고민하고 공부했을까? 물론 나도 아직까지 한참 부족하지만 두 번의 고비를 맞으며 시행착오를 거쳐 식물에 대해 새로운 태도를 갖게 되었다. 반려식물은 나에게도 좋지만 나도 그들에게 좋은 동거인이 되어야겠다.

4 장

약간의 거리를
두는 게
좋다

여자라서
못할 것 같나요?

얼마 전 남동생과 함께 남동생이 살 집을 보러 갔다. 남동생은 대구 본가를 떠나 서울에 있는 대학을 다니기로 했다. 처음 집을 구하는데다 아직 미성년자라 근처 사는 내가 함께 집을 보러 가야 했다. 지하철 2호선 봉천역에서 나와 칼바람에 덜덜 떨다 부동산 픽업 차에 얼른 올라탔다. 차를 타자마자 가득 느껴지던 담배에 전 냄새는 다가올 재앙의 전주곡이었던 듯싶다.

　　앞좌석에 앉아 있던 부동산 관계자가 모두 남성인 것부터 불안했다. 중간에 잠깐 들른 사무실에도 한가득 모두 남성들만 앉아 있었다. 오랜 시간 축적된 경험 탓에 나는 남성들'만' 있는 집단이나 남성'만' 오래 권력을 쥔 집단에 대한 본능적인 거부감이 있다.

어쨌거나 바싹 긴장하며 차로 이동 중인데 아니나 다를까, 운전을 하던 부동산 실장이 딴에는 어색함을 깨보겠답시고 호구조사를 하기 시작했다. 급기야 어디에 살고 있는지를 묻더니 이사 갈 일이 생기면 자기에게 연락을 달라고 했다. 문제는 그다음이었다.

실장은 "아니다. 집 문제는 얘(조수석의 실장)한테 연락하시고 저한테는 술 마실 때 연락해주세요"라며 히죽거렸다. 나는 가끔 이 넉살 좋음을 가장한 무례함과 모호한 희롱을 어떻게 받아들여야 할지 잘 모르겠다. 이 상황에서 괜히 지적했다가는 유머도 모르는 재미없는 사람 혹은 예민한 사람, 그것도 아니면 사회성 없는 사람이 된다. 왜 깨야 되는지는 모르겠지만, 애써 어색함을 깨려 한 상대방의 선의와 수고로움을 무시한 사람이 될 수도 있다.

나도 능글거리며 넉살 좋게 무례함과 모호한 희롱을 함께 저질러야 하나 고민하다 우선 입을 닫았다. 실은 나는 저 말을 듣자마자 그 차에서 내리고 싶었다. 본 지 5분도 안 된,

아무런 대화도 상호작용도 없던 사람에게 이런 말은 나의 상식에서는 전혀 예상할 수 없는 세계의 말이다. 나는 '같이 술 마시면 술맛 떨어질 거 같아요'라고 대꾸하려다 다시 입을 닫았다.

남동생이 여러 번 둘러보고 고른 집을 천천히 보다가, 학교와 거리가 꽤 되는 것 같아 다시 한번 고려해보라고 남동생에게 말을 건넸다. 교통비를 아끼기 위해 걸어다니겠다던 남동생이었기 때문에 2.5킬로미터가 넘는 거리를 다시 생각해보라고 했다. 걸어다니기에 멀지 않으냐, 위치상 지하철을 탈 수도 없고 버스를 타기에는 먼 거리도 아니라고 했다. 그러자 그 문제의 실장이 한숨을 푹푹 쉬며 무엇을 모른다는 태도로 나에게 이렇게 말했다.

"누님이 어휴, 운전을 안 하셔서 어휴, 이게 진짜 가깝거든요. 진짜 남자들은 운전하면 이 감이 있어요. 이게 얼마나 가까운데. 남자들은 걸어서 금방 가요. 누님 진짜, 운전해보시면 거리감이 있는데."

하나, 이 사람은 내가 운전면허증과 차가 없다고 전제했다. 둘, 이 사람은 내가 여성이라는 이유로 잘 못 걷거나 걷는 걸 싫어한다고 전제했다. 군대를 다녀오지 않았으니 그렇다는 말투였는데, 대체 어디서부터 어떻게 말을 해야 하는 걸까 고민했다.

내가 어떻게 말해야 이 사람은 2.5킬로미터라는 거리가 매일 학교를 가기 위해 아침마다 걷기에는 무리일 수도 있는 거리임을 인정할까? 어떻게 말해야 내가 여자이기 때문에 면허가 없고 운전을 못하고 잘 걷지 못한다는 사실 없이도 그 사실을 인정할 수 있을까? 아니, 어떻게 말해야 내가 여자지만 면허도 있고 운전도 잘하고 잘 걸을 수 있다는 사실을 받아들일 수 있을까?

들은 체도 않고 남동생에게 계속 이야기를 했지만 그 실장은 같은 소리를 기어코 껴들어 반복했다. 어르신 입에서 나올 만한 소리를 내 앞의 젊은 남성이 하고 있으니 그야말로 아득해졌다.

정말로 모든 걸 던지고 집에 가고 싶었다. 그러나 어렵게 어렵게 마음에 든 집을 찾아 설레는 남동생을 나몰라라 제쳐두고 갈 수는 없었다. 물론 다른 부동산을 찾아 다시 그 집주인과 연결해 계약을 하는 방법이 있지만 이미 모든 게 피곤했다.

여차저차 일 처리가 끝나고 그 실장이 부동산 사무실 근처 어딘가에 우리를 내려주기로 했다. 한시라도 빨리 그 차에서 내리고 싶었다. 근처 양꼬치 집 앞에 내려 달라고 하자, 누님이 동생에게 소주 쏘는 거냐며 자기도 끼고 싶다고 말을 해 댔다. 지칠 대로 지친 나는 아무런 대꾸도 않은 채 조용히 문을 닫고 내렸다.

부모님과 떨어져 산 지 꽤 오래되었고 그간 집을 알아보는 건 당연하게도 온전히 내 몫이었다. 하지만 비교적 나이가 어린 여성이 홀로 집을 보러 다니는 건 때론 불쾌하고 답답한 경험으로 남았다. 이 부동산 실장 같은 사람들, 집주인, 모호한 희롱과 무례한 말들. 게다가 요즘 워낙 여성을 대상으로 한 강력범죄가 많으니, 특히나 밀폐된 차나 방에 가야 하는 방 구하기 특성상 불쾌하다고 그 자리에서 따지지도 못한다.

선택지는 많지 않다. 같이 능글맞게 넘기거나 억지로 웃어주거나 대답 않거나. 그렇게 저렇게 지나갈 수밖에 없으니 지나갔고, 그러니 그 사람들은 이런 것들이 괜찮은 말과 행동이라 생각할 테다. 실은 괜찮은지 아닌지 생각할 일도 없었겠다.

물론 더 많은 부동산 중개사와 집주인은 자신의 업무에만 충실했다. 성차별과 나이 질서 문화가 강력한 사회에서 이런 일들은 방을 구할 때에만 벌어지는 게 아니다. 이번 일도 그저 비슷한 원리로 벌어지는 수많은 불쾌한 일 중 한 사례에 불과했다.

나의 전 직함은 에디터였다. 인터뷰할 사람들을 섭외할 때나 대외적으로 연락을 취해야 할 때 매번 꼬박꼬박 에디터라고 직함을 이름과 함께 말하지만, 이상하게도 몇몇 분은 꼬박꼬박 나를 작가로 부른다.

비교적 나이가 적은 분들은 나의 정정에 바로 바꿔 불러주지만, 특히 나이가 비교적 있는 분들은 꼬박꼬박 작가라고 부른다. 아이러니하다. 젊은 여성 의사에게 돌아오는 호칭이 간호사인 그런 것과 비슷한 원리일까? 신기한 점은 다른 여성 에디터들도 이런 일을 꽤 자주 겪는다는 것이다.

최근 에이핑크라는 아이돌 그룹의 손나은이 'girls can do anything'이라고 적힌 스마트폰 케이스를 인스타그램에 올렸다 해괴한 일을 겪었다. 인스타그램에 남자들이 몰려와 악플을 달았단다. 결국 손나은은 해당 게시물을 삭제했고 언론에서 이를 앞다투어 논란에 휩싸였다며 보도했다. 나는 내 눈을 의심했다. 그저 소수의 성차별주의자들이 쓴 몇몇 댓글이 괜히 기사화된 줄 알았더니, 많은 남자가 게시물을 지울 정도로 몰려와 악플을 달았던 거다.

꼴페미니 메갈이니, 이념 논리에 빠져 버린 탓에 폰케이스가 의미하는 바는 보이지 않았던 걸까? 아니면 정말로 '여성은 뭐든 할 수 있다'는 명제에 반대하는 사람들인 걸까? 나의 세계에서는 너무나 상식적인 저 말에 그 남자들은 왜 분노했던 걸까?

어쩌면 내가 운전을 할 줄 모른다고 전제해버린 실장이나 나에게 꼬박꼬박 작가라는 호칭을 붙이는 사람들의 무의식 너머에는 결국 '여성은 뭐든 할 수 있다'가 아니라는, 그렇지 않다는 생각이 자리 잡고 있는 걸까? 실은 여성이 할 수 없는 어떤 것들이 있다고 이미 멋대로 정해버리고 있는 걸까? '여성은 뭐든 할 수 있다'는 말은 결코 남성은 그렇지 않다는 말이 아니다. 보이스, 비 앰비셔스Boys, be ambitious!

혼자서 하는
여행

디지털미디어 '버즈피드'에서 만든 〈특권이란 무엇인가?〉라는 영상이 있다. 여러 인종, 성별, 성적 지향, 경제 계층의 사람들이 같은 출발선 위에 선 후 질문에 맞춰 앞과 뒤로 움직인다. 질문은 사회의 여러 약자가 충분히 겪어보았을 법한 상황을 묻는다.

가령 '공공장소에서 혐오 표현, 비난 등의 두려움 없이 애인과 애정 표현을 자유롭게 할 수 있으면 한 발 앞으로'라는 질문에 이성애자들은 한 발 앞으로 가지만 성소수자들은 그

자리에 남는다.

질문은 여성, 성소수자, 장애인, 이주민, 흑인 등 사회의 소수자들이 뒤로 가게끔 고안되어 있다. 그중 인상 깊었던 질문 중 하나가 바로 '성범죄에 대한 걱정 없이 혼자 여행을 다닐 수 있으면 한 발 앞으로'였다. 이 질문에 모든 여성 출연자는 그 자리에 멈춰 있어야만 했다.

나는 여행을 정말 좋아한다. 친구들이나 애인과 함께하는 여행도 좋지만 혼자 하는 여행도 좋아한다. 쉼 없이 말을 할 필요도 없고 가고 싶은 곳을 내 마음대로 갈 수 있고 쉬고 싶을 때 언제든 카페에 눌러앉아 오래 쉴 수 있다. 여행지에서 현지인처럼 여유로운 시간을 가지고 싶어 하는 나에게 혼자 여행은 딱이다.

6년 전, 유럽을 한 달 반 동안 혼자 여행했다. 태어나 처음으로 혼자 오랜 시간 다녀온 여행이었다. 무엇이든 혼자 헤쳐나가고 알아가는 법을 배우게 되었다. 그러나 조그마한 아시아 여자가 홀로 여행한다는 것이 늘 낭만적이고 편한 것은 아니었다.

당시 프랑스 파리는 한국인 여행자들 사이에서 다른 도

시에 비해 치안이 위험한 편이었다. 사소한 소매치기부터 강매, 폭행, 강도 등. 남성들도 범죄 대상이었고 그들도 두려워했다. 여성인 내게는 성폭력의 두려움도 더해졌다. 누구에게나 공평한 두려움이라고 생각했으나, 여행을 다니는 게 가능한 두려움과 아예 불가능한 두려움은 다른 차원임을 알게 되었다. 도저히 밤에 홀로 갈 수 없는 곳들이 있었다. 이것은 용기의 문제가 아니었다.

함께 갈 사람들을 구하기 위해 동행 사이트를 뒤져보았으나 나와 완력이 비슷할 여성과 둘이 여행하는 것은 그다지 위안이 되지 않았다. 한국인이라는 것 하나 믿고 낯선 남성을 그것도 낯선 곳에서 만나는 것 역시 부담이었다. 위험을 줄이기 위해 다른 위험을 만나게 될 수도 있으니까.

물론 그들을 잠재적 가해자라고 생각하지는 않았지만, 내가 살면서 배워온 게 '조심해야 한다'였기 때문이다. 나에게는 동행을 위해 만난 익명의 한국인 남성이나 파리 곳곳에 도사리고 있을 위험이나 크게 다르지 않았다. 그래서 결국 한인 민박집에 머무르게 되었다. 한인 민박집에서는 함께 어울리다가 자연스레 여행을 같이 가기도 하니까.

낮의 에펠탑, 개선문, 샹젤리제, 루브르박물관 등 비교적 사람이 많은 대로변의 관광지들은 충분히 혼자 갈 수 있었다. 하지만 밤의 에펠탑과 몽마르트르 언덕은 도저히 혼자 갈 수 없는 곳이었다. 며칠 내로 여러 명의 여자나 한두 명의 남자와 동행을 이루지 못한다면, 나는 파리에 와서까지 몽마르트르 언덕을 갈 수 없을 것만 같았다. 다행히 민박집에서 유쾌한 오빠들을 만났고, 그들과 함께 밤의 에펠탑을 보고 밤의 파리를 거닐고 몽마르트르 언덕도 다녀왔다.

그들은 나를 잘 챙겨주었고 지하철에서도 길거리에서도 장난스레 소매치기에게서 나를 보호해주겠다며 자주 나를 웃겼다. 그들에게 진심으로 고마웠고 동시에 부러웠다. 여성이 남성에게서 보호받아야 할 대상, 지켜주어야 할 대상이라는 가부장적 구닥다리 관념을 깨부수어야 한다고 늘 말했지만 그때의 나는 전적으로 그들에게 의지할 수밖에 없었다.

네덜란드 암스테르담은 비교적 치안이 안전하다고 했다. 여행 이틀째 밤, 운하의 야경을 보기 위해 거리로 혼자 나왔다. 지도를 한참 쳐다보고 있는데 한 현지인이 말을 걸었다. 딱 봐도 관광객처럼 보이는 내게 어디를 찾고 있냐고 물었다. 그는 가는 방향과 비슷하니 같이 가주겠다고 했다.

낯선 곳에서 낯선 사람에게 갖는 경계심은 당연히 컸다.

그러나 그는 굉장히 친절했고 운하를 가는 길에 있는 여러 관광지를 안내해주었다. 무료 가이드를 받는데다 오히려 덩치가 큰 현지인 남성과 함께 가니 밤거리에서도 위험하지 않겠다 싶어 안도했다.

그러나 운하에 가까워질수록 그 사람이 조금씩 가까이 붙는 걸 느꼈다. 그는 운하가 얼마 남지 않은 길목에서 실수인 척 내 엉덩이를 손으로 툭 건드리기 시작했다. 걸음걸이에 맞춘 손의 반동이 우연히 내 엉덩이를 건드린 것처럼. 여느 성추행 피해자들이 그렇듯 우연이라고 실수일 거라고 내가 예민해서 그런 거라고 나 자신을 안심시켰다.

그러나 횟수는 점점 늘어갔고 본능적으로 위험을 느꼈다. 운하를 앞두고 나는 그에게 급하게 인사를 한 채 발걸음을 서둘렀다. 다행히 그 사람은 사라졌다. 나는 한참이나 그 기억을 지우려고 애썼다. 그 사람의 실수일 거라며 스스로 다독였지만, 시간이 지날수록 그날 암스테르담의 현지인 남성에게 성추행을 당했음을 명확하게 인지했다.

마지막 여행지는 이탈리아 로마였다. 파리만큼이나 치안이 불안하다는 말을 듣고 일부러 한인 민박집에 묵었다. 이탈리아 여행 내내 베네치아에서 만난 좋은 언니·오빠들과 즐겁고 안전하게 여행했다. 그들은 일정상 로마를 먼저 떠나게 되었고 나는 혼자 민박집에 앉아 긴 여행의 마지막 날을 정리하고 있었다.

민박집에는 숙소를 왔다 갔다 할 때 자주 마주쳤던 한국인 남자 무리가 있었다. 불쾌할 정도는 아니었지만 종종 그중 한 명이 쳐다보는 듯한 기분을 느꼈다. 그렇게 아침을 먹은 뒤 방에서 짐을 정리하던 도중 누군가 방문을 두드렸다. 종종 쳐다보던 그 남자가 "친구와 비행기 일정이 달라 밤에 떠나니 함께 로마 시내를 둘러보자"고 했다. 크게 내키지 않아 머뭇거리다 어차피 금방 들어올 테니 "알겠다"고 했다. 그렇게 그와 함께 시내로 나갔다.

그와 걷기 시작한 지 10분 정도 되었을 때 나를 쳐다보던 시선이 착각이 아님을 깨닫게 되었다. 그는 노골적으로 들이대기 시작했다. 분명 나는 불편함을 바로 드러냈지만 그는 무례했다.

우연히 나온 당시 남자 친구 이야기에도 장기간 장거리 연애를 했으니 곧 헤어지지 않겠느냐며 무례하게 굴었다. 그는 여행지에서 느낄 법한 설렘을 가장한 무례함을 계속해서 저질렀다. 불쾌함에 지친 나는 어서 돌아가고 싶다며 민박집으로 발걸음을 재촉했다. 가는 길에 그는 나에게 전화번호를 알려달라고 했다.

지금은 다년간 길거리의 무례한 남성들을 겪으며 어떻게 효과적으로 피해야 하는지 노하우를 깨달았지만, 당시의 나에게 그런 지혜는 없었다. 같은 목적지를 향해 걸어가는 길에서 나는 피할 수가 없었다. 그는 한국에 돌아온 후 불쾌할 정도로 연락을 해댔고 나는 바로 그를 차단했다.

여자인 친구와 둘이 동남아시아의 여러 도시를 한 달 동안 여행한 적이 있다. 우리는 해가 저문 시간에 관광객이 많이 다니지 않는 거리를 마음 편히 다닐 수 없었다. 이른 저녁 시간에도 길을 걸을 때 항상 뒤를 살폈고 주변을 경계했다. 밤에 총격과 칼부림 따위가 일어나는 도시도 아니었지만, 우리에게는 그 외의 위험이 항상 존재했다.

하지만 같은 도시를 이후 애인과 함께 여행하면서 아주 다른 느낌을 받았다. 위험하지 않았다. 노골적으로 쳐다보는 남자들이 없었고 길거리에서 경험할 만한 불쾌한 추파 역시 없었다. 말을 쉽게 거는 현지인도 한국인도 없었다. 애인이 나를 보호하려 했든 말든 상관없이 남성의 존재 자체로도 나는 이미 보호받고 있었다. 한마디로 나는 안전했다. 혼자 여행할 때나 여자인 친구와 여행할 때 항상 사방을 살피고 경계하느라 피곤했던 경험과 아주 다른 느낌이었다.

어떤 사람들은 혼자 여행한다는 것은 그만큼의 위험을 감수해야만 하는 것이라고 이야기한다. 나는 감수하고 싶지 않다. 감수해야 한다는 표현으로 내가 겪는 혹은 겪을 폭력을 퉁치기 싫다. 치안이 그럭저럭 괜찮은 곳이라도 여성은 성범죄에 대한 두려움으로 혼자 여행을 가지 못하는 것도, 여행을 가더라도 동행을 못 구하면 특정 시간대의 특정 장소는 포기해야 하는 것도, 특정 장소에 혼자 가더라도 잔뜩 긴장한 채 사람들을 경계해야 하는 것도 어쨌든 억울하다.

어떤 사람들은 받지 않는 제약이 나에게 들러붙는 느낌이다. 불편하고 두렵다. 한국인 남자 동행을 구하는 것조차 불안하다. 사실 한국에서도 크게 다르지는 않지만, 말도 통하지 않고 도와줄 사람도 없는 낯선 곳에서 그 두려움은 배로 늘어난다. 홀로 하는 여행은 낭만적이고 행복하지만 여행에서조차 나는 위험하다. 여전히 '홀로 여행'을 꿈꾸지만 여전히 나는 두렵다.

나를 지켜보는
공포

몇 년 전 여름, 집 근처 맥줏집에서 친구들과 신나게 놀다 새벽에 집으로 돌아가는 길이었다. 그날, 그 일이 벌어지기 전까지 나는 내가 이런 일을 겪을 거라고는 상상도 하지 못했다. 혜화역은 꽤 안전한 편이다. 주변에 큰 상권이 자리 잡고 있어 늦은 시간까지 잠들지 않는 카페와 가게가 많았고, 학생들과 사람들이 항상 거리를 다녔다.

6년 동안 여기에 살면서 학교를 다녔고 아르바이트를 했고 데이트를 했으며, 자연스레 지리에 훤했고 이미 사람들은 친근했다. 어디를 가나 아는 가게에 아는 친구들이었으며 항상 안전한 구역에서 보호받는 듯했다.

　그날, 살짝 취기가 오른 상태에서 집 현관문으로 향하는 골목으로 막 꺾어 들어가고 있었다. 그때 뒤에서 어떤 소리가 들려 고개를 돌렸더니 어떤 남자가 같은 방향으로 따라 걷고 있었다. '같은 방향이겠지.' 우리 집으로 향하던 이 골목의 끝에는 많은 빌라와 주택이 밀집해 있었으므로, 그냥 그렇다고 생각했다. 여기에서 그 사람을 지나치게 경계하거나 무서워하면, 그 사람도 기분이 나쁠 것이라고 스스로 다독였다.

　그때 그 사람이 앞으로 질러갔고 나는 안도했다. 딱히 그 사람에게 내 집이 어디인지를 알려주고 싶지 않았으므로 재빨리 가방을 뒤적거려 열쇠를 찾기 시작했다. 그러나 이상하게 아무리 가방을 뒤져도 열쇠를 찾을 수가 없었다. 분명히 오전에 현관문을 잠그고 가방에 넣었는데……

　그때까지만 해도 그냥 툴툴거리며 가방을 뒤적거리던 중이었다. 그러다 갑자기 이상한 느낌이 들어 고개를 들었더니, 앞서가던 그 남자가 멈춰 서서 나를 지켜보고 있었다. 당황한 나는 더욱 빨리 가방을 뒤졌다. 아무리 손을 휘저어도 열쇠는 나오지 않았다. 우뚝 멈춰 서서 나를 지켜보던 그 남자는 어느새 옆에 있던 낮은 담벼락에 걸터앉아 있었다. 태연하게 담배를 꺼내 물며, 가방을 뒤지는 나를 뚫어져라 쳐다보고 있었다.

나는 도저히 이해할 수가 없었다. 새벽이었고, 무언가를 지켜볼 번화가도 아니었으며 더구나 내가 서 있는 곳은 평범한 건물 앞이었다. 나는 그 사람의 눈길을 끌 만한 행동도 하지 않았으며, 그저 열쇠를 찾는 평범한 행동을 하고 있을 뿐이었다. 그런데 그 사람은 왜 자기 집에 가지 않고 멈춰 서서 나를 빤히 쳐다보고 있는 건가?

그 사람은 정말로 나를 웃으며 쳐다보고만 있었다. 그 순간 거짓말처럼 술이 깨고, 정신을 바짝 세우기 시작했다. 놀라울 정도로 침착해졌고, 어떻게 행동을 해야 할지 머리를 빠르게 굴렸다. 나는 혼자 살고 있고 당장 이 근처에 나를 아는 사람은, 나를 도와주러 나올 사람은 아무도 없다. 내 방이 어딘지 알아서는 절대 안 된다. 이것은 지금 이 순간의 문제만이 아니다. 그제야 낮에 간 스터디룸에 현관문 열쇠를 꺼내놓고 온 사실이 떠올랐다.

집주인에게 전화를 하기에는 너무 늦은 시간이었다. 전화를 한다고 한들 내 방이 어디인지를 드러내는 것은 더 위험하다고 판단했다. 여기에 계속 서 있는 것은 더 위험하고, 경찰에 신고해보았자 입증하거나 해결할 수 있는 것은 없다. 도망가야 한다. 뛰면 잡히지 않을까? 그때 집 앞에 묶어둔 내 자전거가 보였다. 이미 자전거를 푸는 순간 내가 사는 건물은 노출되겠지만, 우선은 여기를 벗어나야 한다는 생각뿐이었다.

나는 달려가 자물쇠를 풀고 자전거 페달을 미친 듯이 밟았다. 그 사람이 쫓아올까 몇 번을 뒤를 돌아보면서 사람들이 많은 학교 근처의 24시간 카페로 달려갔다. 이야기를 듣고 뒤늦게 놀라 카페로 온 친구와 함께 그 긴 새벽을 멍하게 지새웠다.

그날 이후 주변에서 많은 것이 보이고 들리기 시작했다. 혼자 사는 여성에게 쿠폰을 확인하겠다며 계속해서 문을 열어달라고 했다는 배달원, 수리를 위해 비밀번호를 알려주었더니 불법 촬영 카메라를 설치했다는 집주인, 택배를 가장해 여성을 성폭행하려던 남자, 혼자 사는 여자가 퇴근 후 집에 돌아갔더니 세탁기 위에 '외로우면 만나자'는 쪽지가 남겨져 있었다는 이야기. 자취하는 여자, 혼자 사는 여자. 범행 표적.

뉴스뿐만이 아니었다. 어떤 친구는 한 남자가 경찰을 사칭해 현관문을 열 것을 요구한 적이 있었다고 했다. 다행히 옆집에서 신고를 해 진짜 경찰이 왔고 그사이 그 남자는 도망가버렸다고 했다.

이제 이것은 도시 괴담이 아니었다. 이것은 우리의 현실이었고 경험이었다. 그제야 나도 자각하고 있지 못했던 나의 오래된 습관들이 보이기 시작했다. 주변의 혼자 사는 여자들과 이야기를 해봐도 온통 공감할 것투성이였다. 대부분의 우리는 놀랍게도 비슷비슷한 습관을 갖고 있었다.

나는 집으로 들어갈 때 항상 열쇠를 손으로 꽉 그러쥐는 게 습관이었다. 단단한 물체를 손에 쥐고 주먹을 날리면 그 타격이 훨씬 커진다는 소리를 어디선가 주워들은 적이 있다. 열쇠의 양 귀를 손안에 넣고 열쇠 구멍에 넣는 부분을 중지 옆으로 빼 단단히 그러쥐었다.

옥탑방에 살고 있던 터라, 2층을 지나 옥탑방 현관문을 여는 순간부터 내 방문을 여는 순간까지 2년을 살면서 단 한 번도 긴장하지 않은 적이 없었다. 언제든 누가 튀어나와 위협하면 열쇠로 눈을 찍어버리는 시뮬레이션을 돌리면서.

그 긴장감은 내 방문을 열 때 가장 최고조에 달한다. 방 안으로 들어가는 순간, 내 공간이지만 동시에 역설적이게도 밀폐된 공간이므로 가장 위험할 수 있다. 방문을 여는 순간 늘 그렇듯 빠른 속도로 불을 켜고 화장실 문을 있는 힘껏 열어젖힌다.

혹시나 누가 화장실에 숨어 있을까봐, 그것을 알아차리기 위해서. 있는 힘껏 누군가를 때려 조금이라도 시간을 벌기 위해서. 한 친구는 애초에 화장실 문을 활짝 열고 다닌다고 했다. 한 친구는 그다음 무조건 옷장 문을 열어본다고 했다. 혹시나 누가 숨어들어가 있을까봐. 세탁기 위에 쪽지도 남겨두고 가는 세상에.

공감한 공통의 습관은 이것뿐만이 아니었다. 가까운 거리를 나갈 때는 반드시 불을 켜두어 혼자 사는 티를 내지 않는다. 그리 친밀하지 않은 사람과 집 주변에서 헤어질 때는 방의 불을 바로 켜지 않는다.

배달 음식은 반드시 인터넷으로 '바로결제'해 불필요하게 배달원이 긴 시간 동안 집에 머물지 않게 한다. 한 친구는 아예 배달원이 오면 집 앞이 아니라 건물 밖에서 받는다고 했다. 어쩌다 집 앞에서 받게 되면, 아예 현관문을 닫고 밖에 나가 받은 후 배달원이 엘리베이터를 타고 내려가서야 집으로 들어간다고 했다.

택배 기사가 와도 경비실에 맡기거나 집 문 앞에 놓고 가 달라고 부탁한다. 집에 들어오면 꼭 이중 잠금장치를 걸고, 자다가도 가끔 벌떡 일어나 잠금장치를 확인한다는 소리에 우리 모두 '어, 나도 그렇다'며 깔깔거렸다.

남자가 엘리베이터를 먼저 기다리고 있으면 그냥 계단으로 올라간다. 나는 분명 안전불감증이라고 친구들에게 놀림을 받았던 사람이었는데, 이런 걸 보고 과하다고 생각했던 사람이었는데……. 스스로 굉장히 의아했지만 그때는 이미 이런 습관들이 생겨난 후였다.

몇 년 전 한 여성 유튜버를 향한 남성 BJ와 남성 시청자들의 살인 예고가 뜨거운 이슈가 되었던 적이 있다. 많은 오버워치 남성 유저들의 폭력적인 여성 혐오 발언을 성별만 바꿔 똑같이 따라 한 여성 게이머를 죽이겠다는 협박이었다. 이들은 여성 게이머의 신상을 턴답시고 얼굴을 공개하고 주소를 찾고 연락처를 뿌려댔다.

한 남성 유튜버는 여성 게이머를 죽이겠다며, 그 주소로 차를 타고 가는 모습까지 생중계했다. 그 여성 게이머가 혼자 살든 다른 사람과 함께 살든 이 사실은 중요하지 않다. 여성은 언제나 실제적인 혐오와 폭력 속에 놓여 있다. 혼자 사는 여성은 조금 더 위험에 노출될 뿐, 모든 여성이 겪고 겪을 수 있는 위험의 본질적인 원리는 동일하다.

몇 년 전에 나왔지만 놀라울 정도로 이 상황과 흡사한 영화 〈소셜 포비아〉를 다룬 이서영의 브런치 글의 구절이 생각난다.

"그들은 인실좆('인생이란 실전이야 ×만아'에서 유래)을 시키기 위해 혼자 사는 여성인 레나를 떼거지로 만나러 갔을 때, 자신이 물리적으로 유리할 것이라는 사실을 완전히 이해하고 있다."

쿠폰을 확인하겠다며 문을 두드린 배달원이나 카메라를 설치한 집주인이나 세탁기에 위협성 쪽지를 올려둔 어떤 남성이나, 살인 예고남들이나 이들은 자신이 물리적으로 유리하며 충분히 여성을 위협할 수 있다는 사실을 완전히 알고 있다. 한쪽에서는 여성의 안전과 반反여성 혐오를 외치고 있지만, 한쪽에서는 여성들의 공포를 되레 이용하고 있다. 나는 일상의 불안함이, 그리고 특히 오늘의 한국이 혐오스럽다.

당신의 오지랖은
친밀함의 증거일까?

어렸을 때부터 몇 년 전까지 나는 홀로의 공간이 거의 없는
사람이었다. 사람과의 관계에서 가장 중요한 것은 친밀함과
가까움이라 생각했고, 사람과 친밀하고 가까운 관계가 되기
위해 무던히 노력했다. 가족은 세상에서 둘도 없는 친한 사이
여야 했다. 가장 친하다고 생각하는 친구들과는 나와 상대의
경계가 거의 없는 상태로 엉겨 있었다.

상대를 아낀다는 생각에서 비롯된 무례한 간섭과 편한
사이이기 때문에 쉽게 뱉는 상처의 말들이 친밀하고 가까운

관계의 증명이라고 생각했다.

오히려 개인의 영역이 뚜렷한 관계를 두고서는 그렇게 친밀한 관계는 아니지 않냐며 오만한 판단을 내렸다. 친구들과의 애착과 정서의 교환이 가장 높았던 고등학교 시절, 그리고 갓 성인이 된 이후 가족(친척) 중 어른의 영역에 들어가게 된 시절, 나는 이 관계들이 사랑스러웠고 나와 상대의 공간을 지우기 위해 상당히 노력했다. 공간을 지우고 틈을 좁히는 동안 홀로의 영역은 사라졌다.

그렇게 열일곱 살에서 스무 살까지의 시간이 흘렀다. 대학에 입학한 뒤 다양한 사람들을 만나고 그로 인해 다양한 관계를 맺게 되었다. 대표적으로 아주 친밀한 관계 중 하나인 애인이라는 관계를 형성했다. 대학에서 다양한 사람들을 만나며 너른 의미의 폭력이 무엇인지 알게 되었다. 성인으로서 독립적 존재가 되기 위해 홀로의 존재를 고민했다. 사람들과 관계 맺는 법을 다시금 고민하고 기존의 관계들을 다시 돌아보았다.

내가 이제까지 사람들과 맺어온 관계에서 비틀림이, 문제들이 보이기 시작했다. 사회에 나와 더 많은 사람과 더 다양한 방식의 관계를 맺게 되었다. 새로이 맺게 되는 관계의 방식과 과거 관계들의 방식 사이 간극은 점점 커져만 갔다. 그 안에서 나는 점점 날카로워지고 예민한, 상처에 취약한 사람이 되어가고 있었다. 나는 다시 관계의 방식을 고민하고 바로잡기로 했다.

'관계'를 고민하겠다는 의지는 최근 몇 년 사이에 강해졌다. 사람과의 관계를 다시 고민하겠다는 결심이 선 것은 명절 때의 일 때문이다. 우리 친척들의 명절은 항상 행복했다. 아주 친밀하고 가까운 사이였으며 어느 관계 하나 크게 뒤틀림 없이 오랜 시간을 함께해왔다. 뒤틀림이 없어 보였던 관계는 실은 군데군데 친밀함을 가장한 폭력들이 숨어 있었다. 나는 그것을 인지하지 못했을 뿐이다. 오히려 더 어렸을 때는 그 폭력들을 친밀한 관계의 증거로 삼았다.

사촌들의 타투를 주제로 어른들과 함께 이야기를 나누다 한 어른의 언성이 높아졌다. 부모가 물려준 몸에 감히 어떻게 타투를 할 수 있냐는 게 요지였다. 어른들이 먼저 토론을 하자고 제안했기에 토론에 참여했으나, 그들은 따박따박 말대꾸를 하는 손아랫사람인 내가 곱게 보일 리가 없었다. 흥분한 어른은 욕을 하기 시작했고 테이블을 내려치기 시작했다.

술에 취한, 나보다 나이가 훨씬 많은 성인 남성의 욕과 소리 지름에 순간 멍해졌다. 그날 앞뒤 몇 분간의 기억을 잃었다.

다음 날 엄마는 나를 설득하기 시작했다. 이 관계의 회복을 위해서 내가 먼저 사과를 해야 한다는 게 엄마의 생각이었다. 이 관계는 본디 최소한 그들에게는 친밀했으며, 두터웠으며, 나로 인해 관계의 비틀림을 보고 싶지 않기에 내가 사과하기를 바랐다. 집으로 돌아오는 길에 수많은 생각이 쏟아져 나왔다. 이 관계가 과연 애초부터 친밀하면서도 비폭력적인, 상처를 주지 않는 관계가 맞았을까?

그간 숨어 있던 관계의 폭력들이 흘러나오기 시작했다. 수가 조금이라도 틀리면 자기는 그냥 집으로 가버리겠던 남자 어른들의 협박, 나이가 어린 구성원이나 손아랫사람에게 부리던 어른들의 주폭, 가족이라는 이유로 나이가 어린 구성원을 하나의 소유물처럼 통제하려 들려던 일들, 당사자는 바란 적이 없지만 조언이라 우기던 오지랖의 칼날들.

이러한 방식의 관계가 지속된다면 과연 나는 그 속에서 상처받지 않고 버틸 수 있는 걸까? 분명 우리는 서로를 사랑하지만 그렇다고 해서 그 사이사이의 비틀림과 폭력을 모른 채 묻어두어도 괜찮은 걸까?

과거의 내가 그랬듯이 사랑하기 때문에 가깝기 때문에 그 정도의 비틀림은 애정의 증거로 남겨둘 수 있는 것일까? 과연 그 관계는 나에게 좋은 관계일까? 가장 가까운 관계로 흔히 이야기되는 가족이니 그냥 괜찮아야 하는 걸까? 나만 괜찮으면 이 관계는 계속 괜찮은 관계인 걸까?

그 뒤 서울로 올라왔고 얼마 뒤 친척 어른은 나의 부모님에게 사과를 했다. 딸 같아서 그랬다는 어른의 말을 전해 듣고서, 그렇다면 나의 부모님이라면 나에게 그래도 되는 것인지 고민했다. 부모와 자식 간의 관계라면 그래도 되는 관계인가? 나는 끝내 그 어른에게서 사과를 받지 못했다. 이 비틀린 관계 때문에 상처를 입은 사람은 나였지만, 비틀린 관계를 만들어낸 주체들의 관계 회복과 유지를 위해 나는 답이 돌아오지 않는 사과를 해야만 했다.

친밀함을 가장한 관계의 폭력은, 실은 오히려 '아주 친밀한 폭력'이라 불려야 되는 이 관계의 비틀림은 가족에게서만 일어나는 게 아니다. 친구나 지인, 사회의 사람들과의 관계에서도 적지 않게 겪어왔다. 서로의 사이에 비어 있는 공간이 없을 정도로 엉겨 있는 것이 친밀함의 근거라 생각했던 때에 형성된 친구들 간의 관계에서도 종종 다쳤고 다치게 했다.

선이 없는, 서로의 공간과 영역을 인지하고 굽어볼 새도 없이 엉겨 붙은 관계였기 때문일까? 타인뿐 아니라 나 역시 마찬가지로 서로의 사이에 필요한 선을 인지하지 못했다. 참견, 비난, 오지랖, 지적, 꼬아 봄, 날것의 말들은 종종 서로를 다치게 했다. 오랜 시간 형성된 그 관계를 친밀함의 방증이라 여기고 자랑스러워했다.

과거에 형성된 이러한 관계들이 지금의 나에게 뜻하는 바가 많은 만큼, 건강한 새 관계를 위해 오히려 일정한 거리를 두기 시작했다. 과거에는 친하지 않다며 비웃었을 그 거리를 의도적으로 두기 시작했다. 회사에서 만난 동료들에게도 새로 사귄 친구들과 애인에게도. 어쩌면 가장 친밀하고 가까울 수 있는 관계에 일정한 선을 긋고 그 선을 넘지 않기 위해 의식적으로 노력했다.

친밀하고 안전한 관계를 위한 고민을 적극적으로 나누기도 했다. 선과 영역이 필요하다고도 이야기했다. 기존의 관계들에 대해서도 당사자들과 이야기를 나누었다. 관계를 둘러싼 대화를 할 수 있었다. 그렇게 형성된 꽤 많은 관계가 오랜 시간 친밀하면서도 건강한 관계로 남아 있다. 혹은 비틀림이 조금씩 해소되고 건강한 관계로 방향을 틀기 시작했다.

친밀해지면서도 상대의 개인적인 홀로의 영역을 존중하고 선을 넘지 않으려 서로 노력하는 그런 관계들. 그래서 그 관계들은 더 소중하고 그에 대한 애착과 친밀함은 더 커져간다. 이런 관계들은, 비틀림은 친밀한 관계를 위한 일종의 필요악이므로 비틀림이 없다면 결국은 친밀해질 수 없을 것이라는 오랜 내 딜레마를 깨트렸다. 폭력이 없어도 친밀하고 가까운 관계를 충분히 만들어나갈 수 있다. 친밀함과 폭력은 분리될 수 있으며 별개의 문제다. 관계에 대한 고민에서 스스로 내린 답이다.

소개팅남은
징징대기 시작했다

7년 전 겨울, 동네에서 소개팅을 했다. 그 사람이 일 때문에 조금 늦게 오는 동안 주선자인 친구와 술을 마셨고 조금 취했다. 정신을 차리고 보니 친구는 자리를 비켜주었고 술집에 그 사람과 나만 앉아 있었다. 여느 소개팅이 그러하듯 첫인상에서 마음이 어느 정도 정해졌고, 따라서 오래 붙잡고 있는 것도 예의가 아닌 거 같아 적당히 집에 갈 각만 재고 있었다.

그러던 와중에 그 소개팅남이 갑자기 은근슬쩍 터치를 하기 시작했다. 추워하는 나에게 옷을 여며주겠다며 허락도 없이 몸 가까이 불쑥 손을 내밀어 지퍼를 만지려 들었다. 그러더니 혼자서 술을 좀 마신 후에는 갑자기 옆으로 와 가까이 앉기도 했다. 황당했으나 친구의 지인이었고 최소한의 예의는 지켜야 한다고 생각했으니 그 정도 수준에서 할 수 있는 거절 의사를 표했다.

그럼에도 반복되는 터치에, 이제는 정말 도망갈 때다 생각하며 술집을 나왔다. 따라 나온 그 사람은 갑자기 내 어깨를 감쌌고 나는 몸을 빼며 집으로 가겠다고 말했다. 상황적 맥락이라는 게 없었다. 대체 뭐 때문에 내가 이 스킨십에 동의할 거라 생각한 걸까?

즐거웠고 조심히 들어가라고 하니, 소개팅남은 갑자기 징징거리기 시작했다. 술 한잔 더 하자, 같이 있자, 어쩌구저쩌구……. 그 사람은 나를 자꾸만 붙잡았다. 최대한 나이스한 거절 방법을 고민했다. 어떤 거절이 진짜 가야만 할 거 같이 보이면서도 친절할까? 죄송하지만 통금 시간이 이미 늦었으며 부모님에게 혼나기 싫으니 지금 가야 한다며 돌아섰다. 그때부터 그 사람은 힘을 이용해 나를 붙잡기 시작했다.

처음 본 사이니 취한 건지 뭔지 황당하기만 해 일단 안 잡히는 택시까지 가까스로 잡아주었다. 뒤돌아서 가는데 갑자기 쾅 하고 택시 문이 닫히는 소리가 났다. 그 사람은 택시를 보내고 같이 좀 있자고 버럭 외치며 쫓아왔다. 한 번 더 택시를 잡아주었지만 그 사람은 택시 문을 또 쾅 닫으며 협박에 가까운 징징거림을 시작했다.

큰 덩치에 술까지 마신 남자가 자꾸 그러니 슬슬 무서워지기 시작해 이건 도망가는 수밖에 없다고 판단했다. 냅다 집 방향으로 튀기 시작했다. 그랬더니 그 소개팅남은 다행히 쫓아오지는 않고, 뒤에서 "야!" 하며 동네가 떠날 듯이 소리를 질러댔다. 그 사람은 그냥 내 친구의 지극히 평범하고 착실한 지인이었다.

서지현 검사의 폭로 이후 연극계, 대학교, 정치계, 배우, 문학계 등 곳곳에서 미투 운동이 연일 이어졌다. 아직까지 미투 운동이 안 벌어진 곳이 가장 썩어 문드러진 곳이라는 말이 있을 만큼 곳곳에 성폭력이 있다. 미투 운동의 정체성은 일시적인 폭로 이상인 '나도 말할 수 있다'를 담고 있다. 함께 공감하고 연대해 서로의 용기가 되자는 것이다.

한편 미투 운동에서 성폭력 가해자로 지목된 사람은 대부분 유명인이었다. 역설적이게도 그가 유명인이었기 때문에 이제껏 쉽사리 말을 할 수도 없었을 것이고, 역설적이게도 그가 유명하기 때문에 이슈가 되고 뒤늦은 사과라도 받을 수 있었다.

미투 운동이 한창이던 때, 친구들과 모이면 연일 고무적인 미투 운동과 성폭력 이야기로 들뜬 시간을 보냈다. 그러나 늘 몇 가지 어두운 고민이 남았다. 가해자가 유명인이 아닐 경우에 우리는 어떻게 해야 할까? 또 미투 운동이 폭로 이후에 바꾸어야 할 것은 무엇일까? 미투 운동으로 일부 유명 인사들이 처벌받는다고 해서 모든 것이 해결되지는 않는다. 말조차 할 수 없는 여성들은 그 기억 속에서 계속 침묵해야 한다.

성폭력은 특정 유명인들만의 문제가 아니며 그러므로 그들이 잠깐 물러나거나 처벌받는다고 해서 끝날 일이 아니다. 몇몇 유명 인사의 성폭력 가해 보도를 걷어내면 더 많은 '평범한 가해자들'과 더욱 교묘하고 일상적인 성폭력들이 산재해 있다. 직장 내 성폭력, 친족 간 성폭력, 연애 관계의 성폭력 등은 목소리조차 낼 수 있기는 한가.

피해 사실을 말하고 듣는 것에 그치는 것이 아니라 그 너머의 고민이 필요하다. 그러나 현실은 거기까지 가기도 쉽지 않다. 미투 운동의 포문을 열었던 서지현 검사만 해도 지지부

진한 사건 조사 탓에 또 다른 고통을 받고 있다. 자극적인 언론 보도 탓에 진실 공방으로만 끝나버린 경우도 부지기수다.

미투 운동 이후 논의되어야 할 것들, 이를테면 성폭력 피해자가 바로 피해 사실을 알릴 수 있도록 보호하는 장치, 성폭력 사건을 2차 피해 없이 제대로 해결해나갈 수 있는 장치와 인식, 근본적인 성폭력 문화(강간 문화)에 대한 논의 없이 그저 자극적인 진실 공방 프레임에서 피해자인 여성만 이야기되어 왔다.

솔직히 말해, 소개팅남의 이야기는 대부분 사람들에게 비웃음을 살 거라는 사실을 안다. 연애 관계에 대한 기대로 나가는 게 소개팅이고 거기서 나는 술을 마셨고 그 사람은 호감을 표시했을 뿐이라고(어쩌면 '남자답게' 최선을 다했다고) 생각하는 사람이 많을 수 있다는 것을 안다. 어쩌면 딱히 별다른 일도 벌어지지 않았는데 그 정도 일 갖고 유난 떨 거면 앞으로 연애는 어떻게 하냐는 질문도 받을 수 있겠다. 이러니 펜스룰pence rule이 생긴다는 말을 들을 수도 있겠다.

그러나 그 사람이 내 허락 없이 나를 만졌던 것, 그것은 나의 저항 여부나 저항 정도에 따라 잘잘못이 결정되는 게 아니라는 것, 미디어에서도 종종 보이는 상호가 아닌 자신만의 어떤 목적을 위해 '조르는' 남성의 모습이 문제적이라는 것, 그것은 연인 관계여도 마찬가지라는 점, 나에게 소리를 지르고 윽박지르고 완력을 이용하는 것으로 자기 뜻을 관철시킬 수 있을 거라 생각한 그 사람의 태도를 두고 그 개인이 아닌 개인이 발 딛고 있는 바탕을 이야기해야 한다. 문화를 이야기해야 한다.

소개팅남이라는 이상한 개인 한 사람의 문제라기에는 너무 많은 여성이 너무 많은 사람에게서 겪어오지 않았는가? 성폭력 문제 해결 과정과 가해자 처벌도 분명 중요하며, 더는 피해자들이 발생하지 않도록 피해자로 존재하는 여성이 아닐 수 있는 사회와 문화로 변화하는 것을 논의해야 되지 않을까?

자위
하세요?

혼자 사는 사람에게는 집이야말로 가장 혼자다울 수 있는 공간이다. 무엇을 해도 자유로우니까. 가족들이 다 있는 집보다 혼자 하기에도 훨씬 편한 공간이다. 누가 있으면 신경 쓸 것도 많고 불편하다. 어쩌면 자위는 혼자 사는 사람의 특권이다. 샤워를 하고 얼마 전 친구에게서 받은 바이브레이터를 꺼냈다. 내 손바닥보다도 훨씬 작았다. 모양도 동글동글 조약돌같이 생겨 색깔마저 귀엽다.

　　바이브레이터를 둘러싸고 있는 면면은 부드러운 실리콘

느낌이다. 작은 모양새치고 진동하는 폼도 약하지 않다. 솔직히 말해서 타인의 체온도, 심지어 내 체온도 담기지 않은 기계를 마주 보고 있는 게 처음에는 생경하고 또 민망했다.

'이걸 뭐 어떻게 해야 하나, 아니 이러다 정말 조만간 로봇의 시대가 오는 것인가'라고 생각할 무렵 온몸의 감각이 곤두서기 시작했다. 기계의 생경함은 이내 기계의 편리함에 묻혀버렸다. 어쩌면 내 손으로 직접 하는 것보다 나을 수도 있겠다는 생각도 들었다. 손을 바쁘게 움직이는 것보다 훨씬 편하니까. 물론 손보다 짧게 걸릴 수도 있다는 단점이 있다.

주변의 여자인 친구들에게 자위 경험을 물어보면 혼자 사는 친구들조차 대부분은 하지 않았고 또 하지 않는다고 대답한다. 반면에 두어 명의 친구는 지금도 종종 한다고 말한다. 그 친구들의 첫 자위 나이는 기억도 잘 나지 않을 만큼 어렸다고 하는데, 그에 비하면 내가 첫 자위를 했던 나이는 꽤 많이 늦은 편이었다. 물론 여자도 자위를 할 수 있다는 사실을 받아들이고부터 나는 그때까지 겪어온 일들이 새롭게 보이기 시작했다.

어린 시절 목욕탕에서 세차게 뿜어져 나와 소음순을 자극하던 물기둥, 철봉 오래 매달리기를 할 때마다 하체로 피가 쏠

려 느껴지던 간지러운 쾌감. 실은 이런 것들도 자위와 크게 다르지 않았던 것 같다. 그렇지만 '제대로 된 첫 자위'는 첫 섹스 후 느꼈던 불편함을 해소하기 위해서다. 첫 섹스를 위해 나름 많은 것을 대비했지만 정작 내 몸을 공부하지 않았던 나는 무언가 불편했다. 그래서 그날 아주 경건하게 누워 의식을 치르듯 내 몸을 탐구하기 시작했다. 그야말로 인위적인 자위였다.

역사적이지만 인위적이었던 자위가 벌어지기 10여 년 전쯤, 한창 인터넷과 커뮤니티에서는 '딸딸이', '탁탁탁'이라는 단어가 유행하고 있었다. 학교에서도 남자아이들 사이에서 그 단어들이 입으로 오르내리기도 했다. 남자아이들은 자기들끼리만 아는 단어로 킬킬거렸다. 인터넷에서는 '탁탁탁'과 관련된 온갖 이미지가 돌아다녔다. 곽티슈, 잠근 방문, 컴퓨터 화면의 무언가, 갑작스레 들이닥친 여동생, 밤꽃 냄새가 나는 닦아야만 하는 무언가.

그때부터 자위라는 단어를 알게 된 것이다. 남자는 야동을 보며 흥분하고 성기 어딘가를 '탁탁탁' 자위를 한다, 쾌감 후에는 처리할 무언가가 있다, 아, 이게 자위구나. 아니 엄밀히 말하면 남자들만 하는 어떤 것. 그 10여 년 전쯤, 여자아이들 사이에서도 야동 이야기는 간간이 들렸다. 그렇지만 자위에 대해 이야기할 수는 없었다.

야동을 보는 남자아이도 간혹 변태라고 놀림을 받았지만 야동을 보는 여자아이는 그 이상의 수모를 당했다. 여자아이 입에서 자위 이야기가 나오는 순간 아이들에게서 어떤 시선을 받을지는 불 보듯 뻔했다. 그때부터 지금까지, 우리는 여자의 자위에 대해서는 단 한 번도 이야기하지 않았다.

분명 여자도 성욕이 있는데 왜 자위를 하지 않았을까? 분명 자위를 하는 사람도 있을 텐데 왜 우리는 자위를 말하지 않았을까? 한 가지 분명한 이유는 내가 내 몸을 잘 몰랐다는 것이다. 적극적으로 내 몸에 관심을 갖고, 그래서 그 역사적이고도 인위적인 자위를 하기 전까지 나는 오줌이 어디로 나오는지, 질 구멍이 어디에 있는지, 심지어 소음순 사이의 클리토리스는 존재조차 몰랐다. 그저 소변 볼 때 멀뚱멀뚱 소음순 양 짝을 보며 이것은 왜 이렇게 다르게 생겼을까 생각했을 뿐이다.

청소년인 내가 배웠던 학교의 성교육은 늠름한 난자를 향해 달려가다 수십억 마리의 정자가 떼죽음을 당한다는 비디오 시청이었다. 혹은 성기의 의학적 단면도 그림을 두고 그게 내 성기의 정확히 어디에 있는지도 모른 채 전립선이니 나

팔관이니 쳐다보고 있었다. 그런 내가 청소년 시절, 탐폰을 시도하다 도대체 이걸 어디다 끼워야 될지도 몰라 실패했던 경험은 별로 이상할 일도 아니었다.

눈에 보이는 내 성기의 어디가 무엇인지, 무엇을 위한 것인지 정확히 배울 기회도 없는 판에, 성교육으로 바람직한 자위를 하는 법을 가르칠 리도 없었다. 그러니 나이가 어린 여자아이들 사이에서 자위가 재미난 주제로도 오를 일이 없었다. 게다가 나이를 조금씩 먹는 동안, 여성이 성욕을 드러내는 순간 종종 '쉬운 여자'나 '걸레', '줄 수 있는 여자'가 되는 것을 봐왔으니 더더욱 이야기를 하지 않게 된 것이다.

자위를 하는 남자아이는 휴지를 건네받을 건강한 청소년이 되었다. 반면 여자아이는? 성인이 되니 상황이 조금은 나아졌지만 근본적인 것은 여전히 변하지 않았다. 나이가 들자 여자인 친구들 사이에서 섹스 이야기는 종종 흘러나왔지만, 어쩐지 자위라는 단어는 점점 더 금기시되었다. 청소년기에나 지금이나 여자의 자위는 없었고, 없다.

마치 악순환처럼 느껴졌다. 성교육에서 제대로 배운 게 없으니, 그리고 전반적인 사회 분위기가 이렇다 보니 자위를 하지 않는다. 시도도 않는다. 경험이 있어도 남자들의 자위처럼 우스갯소리로도 이야기되지 않는다. 그러다 보니 자신의 성기도 잘 모르게 된다. 클리토리스의 위치도 모른다. 어디를 어떻게 어느 정도로 만졌을 때 쾌감을 느낄 수 있는지도 모른다.

파트너에게 섹스할 때 요구하기 어렵다. 나부터도 어디를 만졌을 때 높은 쾌감을 느끼는지 잘 모르니까. 자위가 없으니 자위를 말할 수 없게 된다. 나는 계속 이 악순환이 지속되어온 거 같다. 아주 오랜 시간.

몇 년 전 공개된 성교육 표준안을 보고 크게 좌절했다. '탁탁탁'이 유행하던 10년도 훨씬 더 전보다 크게 나아진 게 없는 것 같았다. 이런 성교육 표준안 아래에서 특히 여성의 성욕과 성기에 대해 얼마나 왜곡된 시선을 갖게 될까?

혼자 산다면 누가 들어올 걱정도 없고 섹스토이가 담긴 택배 박스를 가족이 뜯어볼까 노심초사할 일도 없다. 이 기회로 자신의 몸에 대해 알아보자. 물론 혼자 사는 여성에게만 해당되는 것은 아니다. 혼자 살지 않는 많은 여성도 자위에 관한 편견을 깨고 입 밖으로 꺼낼 수 있게 되면 좋겠다. 혼자 하는 기쁨을 느꼈으면 좋겠다. 10여 년 전의 '탁탁탁'이 그랬듯이.

스웨덴에서는 여성의 자위를 일컫는 신조어 '클리트라

Klittra'를 만들었다. 거기서도 여성의 자위를 입 밖으로 내는 경우가 드물어 딱히 자위를 칭하는 단어가 없었다. 클리트라는 스웨덴어인 '클리토리스klitoris(음핵)'와 '글리트라glittra(반짝거리다)'를 합성해 만든 단어라고 한다. 한국에서도 조만간 이렇게 여성의 자위를 딱 지칭하는, 누구나 알아듣는 그런 단어가 생기지 않을까?

생리컵을
고를 수 있는 권리

일회용 패드 생리대를 안 쓴 지 6년 정도 되었다. 처음 생리가 시작된 날 엄마에게서 받은 패드 생리대는 20대 초반에 탐폰으로 바뀌었다. 탐폰의 시기를 거쳐 생리컵을 사용한 지는 4년이 되어간다.

온몸이 뻣뻣해지고 무언가 아픈 것 같고 발끝이 차가워졌던 첫 탐폰 도전기와 달리 지금은 눈 감고도 끼고 갈 정도가 되었다. 처음 1년이 다 되어갈 때까지만 해도 넣느라 종종 애먹고 가끔 새던 생리컵도 지금은 탐폰을 갈듯이 쉽게 빼고 다시 쉽게 넣는다.

처음 생리컵을 친구에게서 선물받았을 때만 해도 한글로 된 정보가 거의 없어 사용법을 찾기 위해 영어로 구글링을 해야만 했다. 주변에도 쓰는 사람이 거의 없어 한 친구하고만 정보를 공유해야 했다. 국내에서는 팔지도 않아 비싼 돈을 들여 직구를 해야 했다. 지금은 한글로 생리컵을 검색해도 글과 영상이 넘쳐나고, 얼마 전부터는 드디어 국내에서 정식 판매뿐 아니라 생산도 가능해졌다. 생리컵을 아직 안 쓰는 사람은 많지만 모르는 사람은 거의 없을 것이다.

생리컵을 사용할 때 가장 기대한 점은 생리통 감소였지만, 불행히도 조금만 줄어들었을 뿐 드라마틱한 효과는 없었다. 여전히 생리 딱 하루 전날부터 시작한 첫날까지 아랫배가 아프다. 생리통에서는 효과를 볼 수 없었지만 생리 기간에는 정말 내가 생리를 하고 있다는 사실을 까먹을 정도로 생리컵은 편리하다. 사이즈 넉넉한 걸 한 번 착용하고 나면 양이 많은 첫날에도 샐 걱정 없이 몇 시간 동안이나 거뜬하다.

제대로 착용하면 아무런 이물감이 들지 않고 탐폰의 실처럼 티가 난다거나 핏방울들이 실을 타고 흐른다거나 하는 일이 없다. 생리컵을 쓰며 정보를 함께 공유하는 내 친구는 실수로 생리컵을 하나 더 넣었을 정도라고 하니 그만큼 생리하는 걸 까맣게 잊게 된다. 생리컵을 사용하고서는 질과 외음부 쪽의 건조증이 아예 사라졌다.

여름에도 불쾌하지 않다. 화장실에서 속옷을 내렸을 때 냄새도 나지 않고 엉덩이와 허벅지에 피가 묻는 일도 없다. 수영장도 문제없다. 뛰고 구르고 별짓을 다 해도, 심지어 하얀 하의를 입어도 아무런 상관이 없다. 최근 환경에 관심이 많아졌는데 하루에 몇 개나 발생시키던 플라스틱 생리대를 더는 버리지 않아도 되어 죄책감도 덜게 되었다.

물론 그렇다고 해서 모든 여성에게 생리컵이 정답이라는 건 아니다. 다만 세상에는 여러 종류의 생리대가 있고 우리는 선택할 수 있다는 사실을 아는 게 중요하다. 여러 선택지 안에서 자신의 몸과 라이프스타일, 때로는 상황에 가장 잘 맞는 걸 고르는 게 중요하다.

무엇보다 생리컵을 계기로 탐폰 같은 삽입형 생리대 이야기, 그리고 깔창 생리대와 저소득층 여성들의 대안 생리대 등 여성의 몸과 선택에 대한 여러 담론이 오간 것은 여성으로서 정말 반가운 일이다. 이제는 인터넷에서 어렵지 않게 관련

한 여러 정보와 담론을 만날 수 있다.

생리대에도 여러 종류가 있고 그 안에서 선택이 중요하듯이 비혼과 비출산처럼 여성이라면 당연히 해야 하는 것으로 고려되어왔던 결혼이나 임신, 출산도 다시 '선택'의 영역에서 이야기해보자는 목소리가 커지고 있다. 최근에는 생리 자체에 대한 선택권 이야기도 흘러나온다. 여성이라면 40여 년 동안이나 강제로 하게 되는 생리도 내가 원할 때 할 수 있는 방법이 없을까 물음표를 던지기 시작한 것이다.

미레나 시술이나 호르몬 루프 등 자궁 내 피임 기구를 사용하면 자궁 내막이 얇게 유지되어 생리가 줄어드는데, 이런 방법을 이용해 생리 중단을 선택하는 여성들이 있다. 물론 병원에서는 출산 경험이 없는 여성에게 그리 권하지 않지만, 자궁근종이 있거나 생리통이 심한 여성 중 일부는 생리 중단을 위해 기구를 삽입하기도 한다.

물론 모든 치료와 시술이 그렇듯 부작용도 있을 수 있다. 언제든 생리를 다시 하기 위해 또는 아이를 갖기 위해 기구를 제거할 수도 있다. 외국에서도 이미 '생리 없는 삶'에 대한 선택이 이야기되고 있다고 한다.

얼마 전 친구네에서 생리를 시작해 탐폰을 사용한 뒤 집에 온 적이 있다. 친구네에서 우리 집으로 돌아오자마자 곧바로 탐폰을 빼고 가장 용량이 큰 생리컵을 접어 넣었다. 비교적 짧은 시간에 주의를 기울이며 갈아주어야 하는 화학용품을 빼고 생리컵을 쓰니 마음이 한결 편해졌다.

어디에 앉을 때도 아래쪽이 덜 배겼고 아랫배 팽만감도 훨씬 덜했다. 무엇보다 몇 시간은 마음 놓고 자유롭게 누워 있을 수 있다. 잠을 자다가 탐폰을 갈기 위해 중간에 깨지 않아도 된다. 이 얼마나 편한가.

누워 뒹굴거리다 보니 얼마 전 엄마가 나에게 카톡 메시지로 퀴즈 하나를 낸 게 생각났다. 텔레비전의 한 생활 퀴즈 프로그램에서 본 거라며, 여성 해방을 가져온 세 가지 물건이 무엇 같냐고 질문을 던졌다. 나는 크게 고민하지 않고 '탐폰·생리컵', '경구피임약' 그리고 하나는 잘 모르겠다고 답했다. 부모님 세대의 연령대가 많이 보는 그 퀴즈 프로그램이 알려준 정답은 바로 '세탁기, 콘돔, 분유'였다.

엄마는 정말로 공감을 많이 한 투로 말했다. 하긴 할머니 세대나 엄마 세대에게는 그랬을 테다. 겨울에도 그 많은 빨래를 맨손으로 해내야 했을 테다. 대책도 없이 아이가 많이 태어나면 그 아이들을 먹이고 기르는 것도, 그러면서 집안일도 모두 여성의 몫이었을 테니까.

그러니 저 세 가지가 여성 해방의 물건으로 이야기되는 거겠다. 물론 아무리 밥솥이며 세탁기며 식기세척기가 발전되어가도 누가 버튼을 누르냐에 따라 가사 노동의 불평등은 여전히 존재한다는 걸 알지만 말이다.

아무튼 엄마의 이야기를 들으면서 기술의 발전과 인식의 변화가 무관하진 않겠다는 생각이 들었다. 여성의 생리대 선택권에 대한 목소리가 커지자 한국에서는 생리컵이 정식 판매되기 시작했고, 앞다투어 생리컵 펀딩과 제작이 진행되고 있다.

이제는 생리컵 자체보다 어떤 생리컵을 만들지가 더 중요해졌다. 기술이 더 발전하면 발전할수록, 그리고 여성의 목소리가 더 커지면 커질수록 더욱 다양한 선택지가 여성들 앞에 놓이게 될 테다. 그 안에서 가장 중요한 것은 무엇보다도 나의 주체적이고 자유로운 선택이다.

일인분 생활자

ⓒ 김혜지, 2019

초판 1쇄 2019년 9월 16일 찍음
초판 1쇄 2019년 9월 20일 펴냄

지은이 | 김혜지
펴낸이 | 강준우
기획 · 편집 | 박상문, 김소현, 박효주, 김환표
디자인 | 최진영, 홍성권
마케팅 | 이태준
관리 | 최수향
인쇄 · 제본 | ㈜ 삼신문화

펴낸곳 | 인물과사상사
출판등록 | 제17-204호 1998년 3월 11일

주소 | 04037 서울시 마포구 양화로7길 4(서교동) 2층
전화 | 02-325-6364
팩스 | 02-474-1413

www.inmul.co.kr | insa@inmul.co.kr

ISBN 978-89-5906-540-0 03810

값 14,000원

이 도서의 국립중앙도서관 출판예정도서목록(CIP)은 서지정보유통지원시스템 홈페이지
(http://seoji.nl.go.kr)와 국가자료공동목록시스템(http://www.nl.go.kr/kolisnet)에서
이용하실 수 있습니다. (CIP제어번호: CIP2019034731)